三上 治
MIKAMI Osamu

吉本隆明と中上健次

現代書館

吉本隆明と中上健次＊目次

序章　「三・一一」の衝撃

危篤の報

吉本隆明（注1）が危篤状態にあることを聞いたのは、二〇一二年二月二十五日のことだった。この日は「連合赤軍殉難者追悼の会」があって、その会場で知り合いの新聞記者から教えられたのであった。連合赤軍事件（注2）も四十周年を迎え、未だ謎の多い事件で、僕の考えてきたところを話した。

危篤の知らせを受けて、吉本さんのことだから今回も何とか乗り越え、無事退院すると思った。吉本さんが死ぬはずがないという信仰に似た思いがあったのだろう。同時に、今回は危ないかもしれないという予感も頭をかすめていた。不安な心的状態の中で、新聞などのニュースを見るのが怖かった。新聞のおくやみ欄などで吉本さんのことが報じられないかが心配で、何もないときは胸をなで降ろしてホッとする日々が続いていた。

以前に吉本さんが東伊豆で危うく溺死する事故（注3）の後に、検査と回復のための入院をしていたところに見舞いに行ったことがある。多くの訪問者を避けるためか、変名で入院していた。その時は糖尿病で制限されている食事を盗み食いする悪事がばれて大変なのだと話していた。ベッドに座り、いくらか照れながら話をしていたのを思い出しながら、今回の入院も退院できれば以前よりは元気になると思った。前回の入院中に以前から提起していた私家版『アフリカ的段階について　史観の拡張』（試行社／一九九八年刊）をまとめ上げたことを後に知ったが、吉本さんことだから、今回もまた何かをまとめてくるのかとも思っていた。

無事退院するというのは僕の「空なる望み」だったのかもしれないが、そんな期待を心に描いていたのだった。僕らは他者の死に出会うと、こんなことならもう少し会っておけばよかったとか、あれをしておけばよかったなどと思うものだが、吉本さんの死がもたらした悔恨も同じものだった。

この一年間は僕の方も脱原発運動などで忙しかったこともあるが、多くの機会がありながら、吉本さんのところに出かけることを何となく先延ばしにしていたことがあった。二〇一一年の「三・一一」[注4]以降の事態を吉本さんがどう考えているのかはとても気にはなっていたが、原発のことでいろいろ考えているのだろうと想像しながら、知らず知らずのうちに先延ばしにしていた。吉本さんの発言は気になっていて、雑誌や新聞などに掲載されたものは読んでいたが、年が明ければとりあえず話に行こうと思っていた。

幻の小沢一郎対談

一一年の夏を過ぎた頃に友人から連絡があり、吉本隆明と小沢一郎の対談企画が進んでいて、その司会をやってくれという依頼であった。両者とも承諾しているとのことだったが、これは大変な企画だと思いながらも引き受けた。具体的な進行などは自分のつくった企画ではないので待っているほかなかったが、原発問題など、どういう議論になるのか頭の整理もつけにくかった。年が明ければ企画の進行はともかくとして、吉本さんところに話をしに行こうと思っていた。僕なりの構想というか、対談のイメージをつくっておきたかったのである。

小沢の方は「資金規正法違反」事件(注5)をめぐる不当裁判で支援闘争をやっていることもあり、機会を見て会いに行こうと考えていた。こうした矢先に吉本さんが亡くなられたのである。吉本さんが小沢一郎をどう見ていたか。以前に高く評価していたのは知っていたが、小沢の評価を吉本さんの口から直接に聞いたことはなかったので、ぜひ聞いておきたいとも思っていた。

以前に田中角栄をアジア型の政治家として評価し、興味を持っていることは何度か話したことがある。アジア的な共同体と政治のことを含めてであるが、西郷隆盛のことなどもよく話をした。アジア型政治家の系譜で小沢を評価しているのか、昨今の「資金規正法違反事件」も含めて聞きたかった。吉本さんが小沢一郎について書いたものは残されており、これについては後に触れることになると思う。政権交代した民主党、中でも鳩山由紀夫をそれなりに評価していたが、それらも含めて後に言及したい。

これとは別に対談を依頼して承諾をもらっていたものもあったが、いつか実現すればと延ばしてしまっていた企画もあった。やっておけばよかったと思った。

こういう類のことは他にもあるが、だんだんと枝葉末節のことになっていく。他者の死からくる衝撃は時間の中で変化していき、だんだんと本質的な事柄だけが残っていくことになるのだろう。

「福島行動隊」の覚悟

僕が最後に吉本さんを訪ねたのは、一一年の四月の初めだった。「三・一一」の後に、僕らは福島の子供や老人たちに水や野菜などの救援物資を届ける活動を脱原発の運動と併行してやっていたが、「福島原発暴発阻止行動隊」(注6)の呼びかけがあり、これに参加しようとしていた。呼びかけというか、アピールを発して間もないころである。直接には吉本さんにこの件についての話をしに出かけたのである。行動隊の呼びかけ人の山田恭暉《やすてる》さんも一緒だった。

吉本さんの当時の生活状態は、朝方に寝て午後に起きるということだったので、午後の遅くからの訪問であった。いつもの和室に通されたが、声が小さくなったような気がした。数え切れないほど訪ねたこの部屋で、いつもと変わらぬ吉本さんの話ぶりだった。猫が自由に出入りする吉本家の光景が見られたかどうか記憶が定かではないが。

この「福島原発暴発阻止行動隊」は現在、「福島原発行動隊」としてあるが、その頃は緊張感とそれなりの決意を持って人々が結集する動きがあった。福島第一原発は「三・一一」で水素爆発などの事故を引き起こしていたが、これ以降ももっと大規模な爆発がいつ起こるか分からない状態であった。政府や官僚、《原子力ムラ》[(注7)]は事故を小さく見せるために情報の隠蔽をしたため、再爆発《暴発》の恐れがあるとされていた。一号機などのメルトダウン（炉心溶融）が公表されたのは後のことである。暴発がいつ起こるか分からない状態の中で、かつて原発設計やプラント建設などに携わった老人や中年の技術者による爆発阻止の行動を呼びかけたのが同行動隊である。

　こうした作業は自衛隊にやらせるべきだという意見もなかったわけではないが、日本に何らかの危機的状況《他国から侵略されるような状態》が生まれたとき、自衛隊などの軍隊ではなく、自ら行動することでそれに対処すると語ってきた以上は自分たちで出かけるべきだと僕は考えた。それがこの呼びかけに賛同した理由であったが、参加を決意した根拠だった。自衛隊にこうした行為をやらせるのではなくて、自らがそれに対応した行動をするというのは必然的なことだった。僕は技術者としての機能はないが、寄与できる道はあるはずだと信じて行動隊への参加を決意した。本当に暴発したら何ができるのかということは当然あるだろうが、こうした事態に対処する道として考えに賛成し、自分もその一員として行動する覚悟だった。行動が現実化すれば多くの問題が生じることは明らかではあったが、それらは行動の中で解決していくべきとも考えていた。

吉本の三・一一

吉本さんは、何よりも大震災の後に出てくる自粛ムードや「頑張れ日本！」のようなキャンペーンを警戒していたのかもしれない。大震災に対していつの間にか出てくる自粛ムードには僕も警戒はしていたが、こういう場面では自分たちの主張や行動は取りにくいもので、覆いかぶさるようにやってくる公的な空気に抗うことはなかなか難しい。僕らも大震災の起きた次週から沖縄問題での国会前座り込み行動を予定していたのであるが、急遽延期にした。大震災後の世の中の空気を想像して自らを縛ってしまっていたのだ。自粛ムードのことはそれなりに考えていたことだが、僕らの行動については反省をさせられたことだった。

もう一つ公的なものは善意の押しつけのような形で迫ってくるが、吉本さんはこれに対して「私的なものが大事」という考えをいつも述べていた。戦争体験から学んだことで、公的な善意のせり出しを警戒していた。これは僕らが吉本さんから学んだものの一つであり、了解しているつもりだった。大震災に対する支援行動や原発事故への行動を、こういう場面での善意の行動ではないのかという内省を僕は持っていたし、このことについては自問自答していた。だから、吉本さんに賛同を求めるつもりはなかった。どう考えるかが聞きたかったのである。

この件については好意的で、いろいろのアドバイスをしてくれたように思う。特に法的対応ができるような準備の必要などである。こうした行動は非合法でやれるわけはないのであり、放射能汚染という危険下での作業ということであったが、それによって生じるであろう問題を的確に指摘してくれた。この行動提起は脱原発、あるいは原発推進という立場を超えたものであったので、ここから原発の存続をめぐる問題に話は進展しなかった。

吉本さんは「三・一一」以前は原発容認の立場にあったし、今度の原発事故で従来の考えが変わったのかどうかは興味のあるところであったが、この段階では黙考中というところで話はそこには進まなかった。いうまでもなく、この年の暮れ、吉本さんは原発について従来の考えと基本的に変わらない発言をして賛否を呼んだ。『週刊新潮』(二〇一二年一月五・十二日新年特大号)のインタビュー記事(注8)である。これについては後に詳しく触れるが、原発事故を受けて原発についての考えを検討し直しているという印象だった。

ただ、原発反対運動も大変だろうという意味の話はしていた。これまでの反対運動とは違う運動が生まれることはある程度は予想していて、見方を変えようとはしているように思えた。これは僕が反対運動にあることを配慮してくれていたのかもしれない。原発の存続の原理的な問題と反対運動を従来とは違って考えようとしているという印象はあった。他には村上春樹(注9)のノーベル文学賞をめぐる話など、出版界の話題もあった。その辺は吉本さんの周辺に押し寄せていることかなというのが推察できたことだった。

吉本隆明にとって、「三・一一」から死までの約一年間は最後の時間とでもいうべき時だった。多分、死を予感しての日々だったと推察し得るが、この辺りから話を進めたい。

（注1）**吉本隆明**　一九二四年東京市京橋区月島（現・東京都中央区月島）に生まれる。詩人、評論家。四七年東京工業大学電気化学科卒業。五一年東洋インク製造株式会社に入社。翌五二年に父親から資金を借り、詩集『固有時との対話』を自費出版。五三年東洋インク製造の労働組合連合会会長に就任し、賃金闘争を行うが敗退。翌五四年に同社から母校・東京工業大学への長期出張を命じられる。五五年同社を退社し、翌五六年長井・江崎特許事務所に入所。同年から六〇年にかけて文学者の戦争責任論に端を発した激しい論争を作家・文芸評論家の花田清輝と展開し、花田の撤退により終結。六〇年安保闘争で全学連をけん引した共産主義者同盟（ブント）に同伴し、六月行動委員会を組織。六月四日の戦後初の政治ゼネストで支援の座り込み、さらに全学連を中心とするデモ隊が国会内に突入し、警察官との衝突で東大生・樺美智子が死亡した（六・一五事件）国会内抗議集会で演説。建造物侵入現行犯で逮捕される。六一年に谷川雁、村上一郎と雑誌『試行』を創刊。一一号以降、吉本の単独編集となったものの、九七年の七四号終刊まで三十六年間継続した。文学からサブカルチャー、政治、社会、宗教など広範な領域を対象に評論・思想活動を行い「思想界の巨人」と呼ばれた。主著に『吉本隆明全詩集』『共同幻想論』『ハイ・イメージ論』『日本人は思想したか』『親鸞』『超「戦争論」』『日本語のゆくえ』などがある。二〇一二年に肺炎により死去。行年八十七歳。

（注2）**連合赤軍事件**　連合赤軍は、共産主義者同盟赤軍派（赤軍派）と日本共産党（革命左派）神奈川委員会（京浜安保共闘）が合流して結成した新左翼組織。一九七一年末以降、山岳ベース事件とあさま山荘事件を起こし、これらを連合赤軍事件という。山岳ベース事件は、後述するあさま山荘事件などの逮捕者による自供で明らかとなった大量殺人事件。山岳ベースと呼ぶ山小屋（アジト）を建設して潜伏中に組織内部で粛清を行い、集団リンチを加えて一二人を殺害した。

あさま山荘事件は山岳ベースから逃亡した連合赤軍のメンバー五人が、長野県北佐久郡軽井沢町の保養所「浅間山荘」で人質を取り、立てこもった事件。銃器で武装した若者らが九日間にわたって警察と睨み合ったが、十日目の七二年二月二十八日に警察部隊が強行突入。人質を無事救出し、犯人五人が全員逮捕された。連合赤軍のメンバーは、七五年に日本赤軍が在マレーシアのアメリカ大使館とスウェーデン大使館を占拠したクアラルンプール事件の超法規措置で五人が釈放・国外逃亡したが、現在も指名手配中の坂東國男と東京拘置所で自殺した最高指導者・森恒夫を除き、メンバー一五人の判決が確定している。

（注3）**危うく溺死する事故**　一九九六年八月、静岡県田方郡土肥町の屋形海水浴場で遊泳中に溺れ、意識不明の重体になり緊急入院。集中治療室での手当が功を奏し一命を取り留めた。

（注4）**三・一一**　東日本大震災・福島第一原子力発電所事故が発生した二〇一一年三月十一日を指す。日本国内で起きた自然災害で死者・行方不明者の合計が一万人を超えたのは戦後初、明治以降でも関東大震災、明治三陸津波に次ぐ被害規模であった。さらに東日本大震災による地震動と津波の影響で、東京電力の福島第一原子力発電所でメルトダウン（炉心溶融）など放射性物質の放出を伴う、国際原子力事象評価尺度（ＩＮＥＳ）において最悪のレベル7の深刻な原子力事故が発生した。

（注5）**「資金規正法違反」事件**　『週刊現代』（二〇〇六年六月三日号）が、「小沢一郎の〝隠し資産6億円超〟を暴く」と題する記事を掲載した。同誌によると、小沢一郎の政治資金管理団体「陸山会」が所有していると報告された不動産は登記簿上の所有者が小沢となっており、個人資産との区別が不明確であると批判。指摘されたのは東京都内と盛岡市、仙台市の計一〇戸の一等地の不動産で、一九九四年十一月から二〇〇三年三月に購入され、購入価格は六億一〇〇〇万円に上った。小沢と民主党は、同誌の記事により名誉を傷つけられたとして、発行元の講談社と編集者らを相手に

六〇〇〇万円の損害賠償を求めて提訴。二〇〇八年六月、東京高裁は原告らの主張を退け、原告らが上告しなかったことから敗訴が確定した。

〇九年十一月、市民団体が小沢の秘書三人に対し、陸山会が東京都世田谷の土地を購入した際に政治資金収支報告書に虚偽記載したとして政治資金規正法違反の容疑で告発。一〇年一月、東京地検特捜部は政治資金規正法違反容疑で石川知裕衆院議員と小沢の秘書二人を逮捕。同年二月にこれら三人が起訴されたが、小沢は嫌疑不十分で不起訴処分となった。一一年一月、指定弁護士によって小沢が強制起訴。一三年三月、秘書二人の有罪が、一四年に石川の有罪がそれぞれ確定。一二年四月、東京地裁は小沢の無罪判決を下し、指定弁護士は控訴。同年十一月、東京高裁は一審の判決を支持。指定弁護士が上告を断念したことで、小沢の無罪判決が確定した。

（注6）**福島原発暴発阻止行動隊**　福島第一原発事故の収束作業に当たる若い世代の放射能被曝を軽減するるため、比較的被曝の害の少ない退役技術者・技能者を中心とする高齢者が、長年培った経験と能力を活用し、現場におもむいて行動することを目的として、二〇一一年四月に「福島原発暴発阻止行動プロジェクト」として発足、以後「一般社団法人 福島原発行動隊」と改名し、さらに一二年四月より「公益社団法人」の認定を受け活動を続けている。

（注7）**原子力ムラ**　原発を推進することで互いに利益を得てきた特定の政治家、官僚、企業、研究者の村社会的な集団に対し、揶揄と批判を込めて呼ぶ用語。

（注8）**『週刊新潮』のインタビュー記事**　『週刊新潮』（二〇一二年一月五・十二日新年特大号）に掲載された「『吉本隆明』2時間インタビュー『反原発』で猿になる！」を指す。

（注9）**村上春樹**　一九四九年京都府京都市伏見区に生まれ、兵庫県西宮市で育つ。小説家、アメリカ文学翻訳家。文芸誌『群像』に応募した「風の歌を聴け」（同誌／一九七九年六月号に掲載）が群像新人

文学賞を受賞して作家デビュー。翌八〇年、『群像』(三月号)に掲載した「1973年のピンボール」(同年、講談社から単行本化)が、芥川賞と野間文芸新人賞の候補作となる。八二年の『羊をめぐる冒険』(講談社)で野間文芸新人賞を受賞。八五年に初めての書き下ろし長編小説『世界の終りとハードボイルド・ワンダーランド』で谷崎潤一郎賞受賞。八七年の書き下ろし作品『ノルウェイの森』(講談社)が上下巻で四三〇万部のベストセラーとなった。その他の作品に三部作『ねじまき鳥クロニクル』(新潮社/一九九四〜九五年刊)『海辺のカフカ』(同/二〇〇二年刊)『1Q84』(同/二〇〇九〜一〇年刊)などがある。

第一章　死の風景・精神の断層

脱原発は新たな社会倫理

「三・一一」が起こった後に、僕は吉本がどう考えているのかをあれこれ想像した。当然、一九九五年の阪神・淡路大震災(注1)の後の発言を想起していた。その頃、僕は吉本に何度かインタビューをしてもいたからである。同年一月十七日に死者・行方不明者六四〇〇余人の阪神・淡路大震災が、そして同年三月二十日には地下鉄サリン事件(注2)が起きた。

吉本は同年九月に、『産経新聞』の夕刊で四回にわたってオウム事件についてのインタビューを受け(注3)、これが大変な波紋（吉本批判）を呼んだ。オウム事件の評価をめぐる問題は別の形で触れるが、この二つの事件を、戦後が変わるくらいの事件と評していた。吉本は、今、我々はむきだしの「死の風景」に出会い、そこで「精神の断層」を体験したのだ、としながら次のように述べている。

「それから〈死〉の問題ですが、僕はだいたいあと十年か十五年でこの社会は死ぬぜ、と思っています。死んだって後はあるわけですが、いまある社会、この日本で通用している社会というのは、もうどん詰まりにきていると思っています。自分が中流だと思っている人間が九割以上いる社会。これはもう変わる以外にない、死ぬ以外にない、死んで違うものになるしかない」、「ですから阪神大震災、オウム・サリン事件というのは、日本の社会の〈死〉の兆候を象徴的にしめしており、我々が次の社会に移行するために指針としてもつべき新たな社会倫理を突き付けているのです」（吉本隆明著『世紀末ニュースを解読する』マガジンハウス／一九九六年刊）

二つの事件が吉本に与えた衝撃の大きさを表しているが、「三・一一」がこれに匹敵する衝撃を吉本に与えただろうと推察できた。阪神・淡路大震災の後、吉本は地域の住民の自発的な復旧の動きに対して、国家や自治体が再建計画という名で過剰に介入するのを危惧していた。公私の範囲を明瞭にして公的機関は関わるべきとし、官僚的な介入を警戒していたのだ。また神戸が重化学を主体とする都市としてではなく、第三次産業（消費経済）を主体とする都市として復活するビジョンを語っていた。吉本は九五年を前後して「日本の第二の敗戦」ということを語り始めるが、この二つの事件から「死の風景」を見ていたことを具体的に示そうとしていた。

「三・一一」が吉本に与えた衝撃が阪神・淡路大震災や地下鉄サリン事件に劣らぬものであったことは確かであるが、「三・一一」に大きく違う点があったとすれば、原発震災（福島第一原発事故）がそこに存在したことである。僕はこの大震災、とりわけ原発震災にこそ、日本社会の死を見たし、死後の社会が脱原発を含めた社会の転換としてイメージされるほかないと思った。脱原発は新たな社会倫理である。そう考えた。吉本は以前から科学技術の観点で原発保持の必然性を説いていた。彼は反原発運動の批判者でもあったから、福島第一原発の事故を目の当たりにしてどう反応するかが注目された。僕が一一年四月の初めに訪ねた時のことは前述した通りだが、やはりこの問題は彼にも大きな問題としてあった。

原発についての吉本発言

吉本が原発についての見解を述べるのは事件の直後からではなく、いくらか時間を経てからであるが、この問題を熟慮していた時期があったのだと思う。僕は正直にいえば、吉本が従来の見解を変えることを期待していた。というのは僕が脱原発、あるいは反原発の立場で運動をしていたからではない。吉本と梅原猛、中沢新一による鼎談集『日本人は思想したか』(新潮社/一九九五年刊)で、原発の技術的克服という問題に留保をしていたところがあったからだ。中沢や梅原は原発について明確に反対の立場であったが、吉本は留保ということで再考の余地を残しているように思えた。この点はずっと引っかかっていたことだった。僕は原発については反対で、そこは吉本と見解が違った。ただ、あまり積極的に脱原発の運動に関与してこなかったのは吉本の影響だったと思えるところがある。この点はいろいろ考えるところもあるが、別に反省すべきこととは思っていない。

「三・一一」の後に吉本の原発についての発言を見たのは、一一年五月二十七日の『毎日新聞』夕刊だった。(注4)その後に『思想としての3・11』(河出書房新社編集部編/二〇一一年刊)に収録された「これから人類は危ない橋をとぼとぼ渡っていくことになる」を目にした。これは六月二十一日に発刊されたもので、発言のインタビューの日付は四月二十二日になっているから、こちらの方が先のものかもしれない。ここでは『毎日新聞』の発言から見ていくことにする。二つのことが語られている。

「一つは技術や頭脳は高度になることはあっても退歩することはありえない。原発をやめてしまえば新たな核技術もその成果もなくなってしまう。今のところ事故を防ぐ技術を発達させるしかないと思います」、「人間の固有体験もそれぞれ違っている。原発推進か反対か、最終的には多数決になるかもしれない。僕が今まで体験したこともない部分があるわけで、判断できない部分も残っています」

先の部分は、これまで吉本が展開してきた科学技術の観点から見た原発の必然性というものである。科学技術の後退はあり得ないのだから、原発の撤退はあり得ないということである。以前なら疑念を抱きつつも保留してきたところだが、僕は納得できなかった。科学技術の後退はあり得ないということと、原発の存続ということがあまりにもあっさりと結びつけられていることに疑問を感じるのである。ただ、吉本はこの時期に原発問題をどう考えるかで揺れ動いていたとも推察できる。

原発安全神話の崩壊

『毎日新聞』夕刊の発言は原理的な意味では従来の見解を再確認しているものといえるが、原発反対の運動については考えを変えているのか、と思えた。僕が一一年四月の初めに訪ねた時もそう思えたところがあったのはすでに記した。『「反核」異論』（吉本隆明著／深夜叢書社／一九八三年刊）以降の原発についての発言では、原発の原理的（科学技術的）観点での容認と反原発運動批判は一緒にされていたから、そこは変わったのか注目した。この夕刊の発言では反対が多数になって廃止になることも予想していたわけで、自分の判断を超えているところがあると述べていた。この原発の存続についての原理的発言と反対運動に対する視点が分離をしているように見えたことは、「三・一一」の衝動のもたらしたものだと思った。

吉本は『思想としての3・11』で、原発事故に関する質問に対して次のように答えている。

「それについても原理的な言い方をします。（中略）もっとも根本的には、人間はとうとう自分の皮膚を透過するものを使うようになったということですね。人間ばかりでなく生物の皮膚や骨を構成する組織を簡単に透過する素粒子や放射能を見出して、物質を細かく解体するまで文明や科学が進んで、そういうものを使わざるを得ないところまできてしまったことが根本の問題だと思います。それが最初でかつ最後の問題であることを自覚し、確認する必要があると思います。武器に使うにしても、発電や病気の発見や治療に使うにしても、生き物の組織を平然と通り過ぎる素粒子を使うところまできたことをよくよく知った方がいい。そのことを覚悟して、それを利用する方法、その危険を防ぎ禁止する方法をとことんまで考えることを人間に要求するように文明そのものがなってしまった」

人類の究極の課題が出てきているというのは吉本のよく提起したことだが、ここでは吉本は原子力エネルギーをそうしたものとしている。素粒子や放射能を見いだし使うところまできてしまった文明の現在ということだが、こうした点の認識について異論はない。その利用や禁止の方法をとことん考えようということも、またそうである。福島第一原発事故を見て従来の原発安全神話、つまり危険の技術的制御はできている、というのは崩壊した。この新しい事実をどう考えるかということに僕らは直面した。吉本は利用する方法のみならず、禁止の方法も含めてとことん考えようと提起しているのだが、この限りでは特別なことを述べているわけではない。後に禁止を提起する部分への批判を強める言動が出てくるが、この段階ではそれはまだはっきりしてはいない。

なぜ原発を容認したのか

ここにどういう問題があったのだろうか。福島第一原発の事故が起きるまで原発安全神話が流布していた。それに疑念を抱く人たちも存在したけれど、その間には中間的な考えも存在した。例えば、原発には反対だけど、その危険についてはそれほど考えを突き詰めてはいないという人たちもいたのだ。僕もどちらかというとそれに属していたというべきだった。

山本義隆(注5)は原子力エネルギーを人間が手にしてはいけないエネルギーであるとしながら、その認知の難しかった由縁をそれが理論的な産物であったことに求めている。

「経験主義的にはじまった水力や風力といった自然動力の使用と異なり、「原子力」と通称されている核力のエネルギーの技術的使用は、すなわち核爆弾と原子炉は、純粋に物理学理論のみに基づいて生み出された。（中略）その結果はそれまで優れた職人やキャパシティーの許容範囲の見極めを踏み越えたと思われる。実際、原子力（核力エネルギー）はかつてジュール・ヴェルヌが言った〈人間に許された限界〉を超えていると判断しなければならない」（山本義隆著『福島の原発事故をめぐって　いくつか学び考えたこと』みすず書房／二〇一一年刊）

原子爆弾については、その現実の姿が広島や長崎で見せつけられた。その破壊性と存在そのものが否定さるべき実体を人々に経験させた。この経験は核兵器を持つにせよ、使用を留まらせる大きな契機になってきたと見なしうるだろう。これに対して原発の場合は、事故によって初めてその危険性を人々に経験させる。これは人間の思考が事実をどこまで開いていけるかを試してもいる。思考の観念性をどう超えていけるかを突きつけているのだと思えた。

僕らが物事をどう認識できるか、あるいは対象化できるかにおいて、経験主義が絶対的ではないことを知っている。なぜなら、経験といったとき、すでに経験を超えた先験的な考えが媒介されていることを知っているからだ。経験として取り出した言葉や抽象には、他者の経験が介在してもいるのだ。事実そのものと、事実として取り出したものとは同じではない。これは前提である。しかし、事実は先験的な理念との現実の誤差を教えてくれるのであり、それは理念を開いていくことを可能にする。

原発事故の事実は、「原発は安全である」という観念も、「原発は危険である」という観念も等しく検討を促すものである。ただ、僕は「原発のことは分からない」と放置しておいたことの根本がここにあったと内省する契機になった。原発安全神話の問題は、それが原発について考える契機を抑制したことにあるが、その秘密は経験的になる契機を持つことが困難であったことにもよる。僕は、吉本がなぜに原発容認の考えであったかをエコロジカルな思考への批判も含めて知っていた。それは今後の展開で語ることになるが、僕が吉本に魅かれてきたのは、その思考が事実に対して開かれていること、経験的であることだった。原発問題でも気にかけていたのはそこだった。

「科学技術は後戻りできない」

吉本は原発事故に際しても従来の考えを変えなかったのであろうか。原発事故という新しい事態で、考えは何ら変わらなかったのであろうか。原発の危険性の認識の難しさは、経験の問題として先に取り上げた。この点は吉本もアインシュタイン(注6)を例にして論じている。前述した『週刊新潮』の記事『吉本隆明』2時間インタビュー『反原発』で猿になる!」においてである。この記事は原発についての吉本の考えを述べたものであったが、その中で原子力の危険の認識の難しさを語っている。

よく知られているように、アインシュタインは当初、原爆の開発に賛成するが、広島や長崎の被害の大きさから態度を変える。「あれだけの業績をあげてきた科学者でさえ、とことんまで想定できたか疑わしい。今回の原発事故も同じで天災とか人災とか言われていますが、やはり危険を予想できなかった。つまり、人間は新技術を開発する過程で危険極まりないものを作ってしまう大矛盾を抱えているのです」(前出『週刊新潮』)。

アインシュタインは原爆の推進から反対に態度を変えた。吉本も原発事故で従来の態度を変え得たことがあり得たはずだ。だが、彼はこの記事の中でも従来の考えを繰り返す。「しかし、それでも科学技術や知識というものはいったん手にいれたら元に押し戻すことはできない。どんなに危なくて退廃的であっても否定することはできないのです。それ以上のものを作ったり考え出すしか道はない。それを反核・反原発の人たちは理解していないのです」（同）。

科学技術は後戻りできない。原発からの撤退は、人類が培った核開発の科学技術を全て無意味にしてしまう。そして原発を止めてしまうのではなく、放射能に対する完璧に近い防御策を講じることを提起する。吉本が繰り返し述べているのは、原子力エネルギーに害があるのであれば、その防御策を同時に発展させるのが根本問題であり、止めるのは科学的でないということだ。これは彼の強固な科学技術についての考えであり、福島の事故を目にしても変わらなかったものである。

僕はこうした考えを取らない。人間の生み出した科学技術を人間の意志で止められないとは考えない。また、ある領域で科学技術の進展を留めるのを人間の退化だとも思わない。もし核生成の解放が科学技術だから止められないというのであれば、核兵器も同じことになるのではないか。科学技術は発展するし、止めようがないように見えるけれども、原子力工学、遺伝子工学、金融工学など防御策を講じればいいということでは済まない段階にあるのではないか。

科学技術は止められない、科学技術は無限に発展するという近代的な考えに疑念が出てきているのが現在ではないかと思う。原発事故の衝動がもたらしているのはこのことである。こういう人類的な課題を原発事故は象徴しているところがあるのだ。

科学技術と原発の存続は直結しない

ここに人類史の究極の課題が出てきており、核生成の解放はその問題である。科学や技術についての考えが対象である時、近代的な科学についてのこれまでの考えに留まるわけにはいかないのではないか。とことん考えるという課題の中に科学技術の問題があることは確かであり、それを考え抜くということと、近代的な科学についての考えを守るのとは違うことではないのか。この点で僕は吉本に違和を覚える。この吉本の考えは、エコロジーについての考えに非常によく出ているので、その問題について述べる時により詳しく触れることになると思う。ただ、吉本は科学技術者であった体験から、そこから撤退することの難しさを語っている。

吉本の未公表の文章を偶然に読む機会があって、科学者の内的衝動や欲望も含めた観点から、核生成の解放という核技術を手放しにくいことを洞察している。吉本が科学技術の観点という時は、それに関わる科学技術者の内在性も問題にしている。技術者や学者の悪いところも指摘して興味深いのであるが、いつの日かこの未公表の文章が公表されたらと思う。吉本の考えが肯定されるにせよ、否定されるにせよ、もう少し深いところで検討されると思う。

吉本の見解は、原発の是非の問題を科学技術の是非の問題に収斂させ過ぎてしまう。現在の原発の問題が、原子力の産業化の問題であることがあまり語られない。原発の存続や是非の大きな問題は、原子力の産業化である。原子力の平和利用という観点から進められてきた産業化には、産業発展に不可欠なエネルギーということがあった。そういう考えが社会的に流布されてきたのであり、それは浸透もしていた。安全神話が張りついていたとはいえ、原子力エネルギーの社会的（産業的）な必要性が浸透していた。仮に吉本の考えを認めたにしても、科学技術の存続と原発の存続は直接には結びつかない。原発の存続の範囲や規模が論じられなければならないからだ。日本列島にこれだけ原発が存在してしまった理由は、産業の発展のために原子力エネルギーを産業化する必要があると見なされてきたからであり、これはまた今、問われなければならない問題である。産業発展は高度成長と結びついてきたのであり、その転換が問われているのが現在である。原子力エネルギーの産業化の転換（撤退）はこれと深く結びついている。

この点でいえば、かつて産業経済上で原子力エネルギーの産業化を促していた根拠は薄弱になりつつある。現在の原発の存続の理由は、これまでの原発投資で形成されてきた既得権益のためである。独占的な電気業界と官僚（原子力ムラ）や政界の一部で出来上がっている既得権益の維持がその理由である。産業的な発展という社会的根拠は失われ、かつては見えなかった社会的負荷もはっきりとしてきたのである。吉本は原発に平衡状態で防御装置を提起する。これは現在では正論であり、実現性の薄いものであることを吉本も認めているが、こんなことは基本的には衰退期に入った原発をめぐる動きの中ではできないことだ。原発は撤退するにも膨大な金がかかるし、科学技術も必要である。防御装置は撤退のためにこそ必要であるというのが実際ではないか。

科学技術としての現実性

「科学技術は押し戻せないのだから原発からの撤退はありえない」というのがこの間の原発事故に対する吉本の考えであった。これは当然、福島第一原発事故を契機に大きく出てきた脱原発―反原発運動への批判でもあった。事故当初の沈黙や従来の考えの揺らぎが推測される過程から、自己の見解の表明に至る段階でこれは鮮明になってきた。これがいつ頃からかは定かではないが、『週刊新潮』の記事はそれを明瞭にしたと思われる。その頃、批評社の小冊子である『ニッチ』が「科学技術をめぐる問題」の特集を企画していた。メインは吉本のインタビュー記事であった。僕もそれに原稿を寄せることになっていた。一一年十二月には刊行予定であったが、直前になって吉本のインタビュー記事は掲載中止になった。僕の原稿はそのまま掲載され、翌年になって小冊子は刊された。『週刊新潮』の記事が公表されたのだから、『ニッチ』のインタビュー記事も公表されていれば、吉本の考えがより明確になったのではないかと思うと残念だ。「〜『反原発』で猿になる！」という見出しは『週刊新潮』の編集者が勝手につけたものであろうが、『ニッチ』の掲載が中止になって、こちらが公表されたのはどうも納得がいかない気がした。吉本の方での配慮がいろいろあったのかもしれないが……。

僕はインタビュー記事を念頭におき、推察して論文を書いた。「科学技術の可能性と現実」がその題である。これは吉本の科学技術論に対しては科学技術の現在という問題、そこで生じている現実について違和を感じているところを書いた。原発事故が提起しているのは「科学技術の可能性」ではなく、「科学技術としての現実性」であり、これは逃れようのないことだと思った。原発の存続を科学技術の問題から論じるなら、その現実性においてでなければならないし、その判断が重要だ。

現在、原発事故で直面しているのは科学技術としての現実性である。この現実性の中で科学技術としての核技術を問えば問題は明瞭になるように思える。原子力エネルギーの制御技術一つを取ってみても、使用済み核燃料の処理問題を取ってみてもいかに危ういかは明瞭である。人間の開発する技術にはリスクが伴うという一般論では済まされない現実がある。核の事故は桁違いの規模の被害をもたらし、また、何世代かにわたるものであり、原発の存続の中で併行して解決していけばいいという水準をはるかに超えているのである。

核生成の解放を制御する技術は科学技術である。それはすでにできているという安全神話が崩壊したことは誰もが認めることだろう。そうであれば、今度は完璧の制御技術を求めればいい。なぜなら、科学技術にはその可能性があるのだからという考えは分かる。しかし、完璧な制御技術は現実としては考えられないし、当面は不可能に近いなら別の判断をしなければならない。不全で不透明な技術のままに核生成を解放してしまった事態をどうするかが問題であるからだ。福島第一原発の事故は、未だに収束の見通しすら立っていないが、これから考えられるのはこれだけではない。

「社会性」を失いつつある原発

僕は、不全で不透明な技術のままに造り出してしまった原発に完璧な制御を施すというよりは、その廃炉を考えた制御技術のほうが必要であると思う。原子力エネルギーは人類が手にしてはいけないエネルギーであると僕は考えるが、それを造り出してしまったことからどう撤退するかが現在の切実な課題であり、そこにこそ科学技術の力を注ぎ込むべきである。ここが原発問題の考えどころではないのだろうか。吉本の科学論はマルクスの自然哲学からきているのであり、それ故にそこから論じないと明瞭にはできない。エコロジーに対する吉本の見解とともに触れたいが、さしあたり、原子力エネルギーについての科学技術の現在を僕はこんな風に見ている。進むも地獄、撤退するも地獄、それが原発の現在であるが、吉本はその暗い語りでそれを示している。吉本は決して楽観的に見てはいないが、僕はもう撤退してしまえ、それだって大変だぜと思う。吉本にはかつて科学技術者であったこだわりが強くあるのだろうか。

僕は、アジアの地域にかつて隆盛する文明を築いた灌漑施設などが廃墟になった光景を思い浮かべてしまうことがある。アジア的生産様式と呼ばれた文明は砂漠の果てに残骸をさらしている。しかし、原発はこのような廃墟として放置することすらできないのである。廃墟にするにも、メルトダウンあるいはメルトスルーした核燃料(注7)があり、その始末が大変なのである。

今回の原発事故が問うている問題には、核生成の解放（原子力エネルギー）の産業化ということがある。あるいはまた、原発を推進してきた体制の問題がある。これは原発の存続に関わっている体制、あるいは社会関係の問題である。吉本は核生成の解放は科学技術の問題だから、社会関係は関係ないとしてあまり言及していないが、これは重要なことであると思う。現在、日本列島に五〇基もの原発があるのは、戦後の高度成長と無縁ではない。日本に原発が導入されるにはいくつかの契機があったろうが、一番根本にあったのは経済の高度成長にほかならなかった。原子力の平和利用、夢のエネルギーとして流された幻想には異議申し立てをする人もいたが、それなりに機能した。だが、ここ何年か高度成長に対する疑念は広く浸透してきている。経済の高度成長の幻想は現在も依然として存在しているが、成長戦略という言葉が流通している。アベノミクスの三本の矢の一つは高度成長である。しかし今、高度成長経済から成熟経済への転換は不可避であり、原発の経済社会的基盤は減衰している。その推進を画策している官僚と電力独占体などは既得権益を持つ面々であるが、原発は産業面での社会性を失いつつあるといえる。

原子力ムラ、霞が関の中枢にこんな村があることは夢にも思わなかったが、これは原発と権力の関係を示している。日本の権力の非民主性、あるいは閉じられた構造を原子力ムラは象徴をしているところがあるが、日本における政治権力の官僚的構造を示してもいる。今回の脱原発や反原発運動はそれを闘いの対象としており、社会性がある。

「三・一一」以降の脱・反原発運動

吉本の原発容認発言は技術的・文明的観点からだといわれるが、ここには以前からの原発反対運動への批判があったと考えられる。その一つは脱原発や反原発運動の背後にあるエコロジーという理念への批判である。もう一つは『「反核」異論』以来の反核運動への批判である。この批判は八〇年代の半ば頃から強まった。今回の福島第一原発事故以降の脱原発運動への考えにも終始ついて回っていたように思う。僕はエコロジーをめぐる吉本の考えを含めて八〇年代半ばからの議論を振り返ってみたいのであるが、その前に「三・一一」以降の脱原発運動について少し述べておきたい。

吉本の今回の原発事故への反応の中で注目したことの一つに、事故を契機に起こってきた脱・反原発運動をどう見ているかがあった。科学技術の観点で原発からの撤退に反対であるからといって、脱・反原発運動に即時的に反対しないだろう、と推察していたからだ。確かに以前の吉本は、反原発運動に批判的であった。今回の事故を見てこの立場は変わるかもしれないと推察していた。それは地域住民や国民の事故への反応を注目していたと思えるし、そのことは吉本の思想から当然と考えられたからだ。

国民の過半数が原発に反対し、撤去に至る事態も想定しているような発言をしていたのはその一つだった。だが、前のところで紹介した『週刊新潮』の記事の中では、従来の立場に還っているように見えた。戦後の小林秀雄の発言〈自分は戦争を反省しない〉を取り上げ、自分も容易に反省〈原発を容認してきたこと〉をしないと主張していたからだ。吉本には、脱原発の運動への多くの人々の参加が終戦後の転向のように映ったのかもしれないが、違和があった。

吉本の思想的な立場からすれば、地域住民や民衆の反応と〈原発の是非〉とは別に評価するように思えた。政治的、あるいは社会的な主題に捉われず、人々の動きを評価する視点が吉本の思想にはあったし、僕はそこに示唆されることが多かった。だから、今回も脱・反原発の運動をそういう視点で見ているところがあるはずだと思っていたのだ。僕は今、経産省前テント(注8)や毎週金曜日の首相官邸前抗議(注9)に参加している。国会や霞が関周辺のデモや人々の群れの中にありながら時折、吉本と自然に対話をしていることがある。あるいは彼はこの運動をどう見ているのかと想像することがある。

毎週金曜日の官邸前抗議行動に参加する若い世代は、かつての運動のことなどは考えないだろうが、僕らはどうしても一九六〇年の安保闘争や一九七〇年前後の全共闘運動などを思い浮かべながら、今の運動について考えている。そして、吉本ならどう考えるのだろうかということは必然のように出てくるのだが、彼は今の運動を積極的に評価したように思える。彼の追求してきた「自立」はこの運動の中に見られることだからだ。ある友人に、多分、吉本はこの運動を評価しているはずだと言ったら驚いていたが、これは僕の妄想ではなく、吉本の思想から必然的に出てくることだ。

毎週金曜官邸前抗議の特質

毎週金曜日の官邸前抗議行動は一時期の高揚から見れば、参加者の数は少なくなっているが持続している。原発問題の長期化の中で、どのように持久戦としてやれるか未知の領域に入りつつある。今回の運動は、安保闘争や全共闘運動とは異なる点があり、簡単に評価できないところがある。考えあぐねているが、それでも指摘できるいくつかの特質がある。

一つは学生であれ、労働者であれ、何らかの組織された部分が中心をなす運動ではなく、自発的な住民や市民の意思表示としてあることだ。官邸前抗議行動は首都圏反原発連合というグループが主催しているが、これは政治的な党派ではなく、行動のための必要な与件としての面々の集まりである。こういう自発的な意思表示は民衆の共同意志の表現として本来的なものである。民衆の自己決定的な側面の色濃くある行動だ。

もう一つ、この運動は原発問題以外の政治課題を持ち込まないという規制を課している。これはかつてスローガンをめぐる党派対立のような事態の反省からきているのだが、もともと政治行動や表現での主題は相対的で部分的なものであることを示している。意思表示、あるいは行為自体の中にさまざまな現実意識が現れている。人々が行動する契機や意識は多様であり、歴史的な無意識も含めて広くて深いものだ。これは、ここでの表現を原発問題に限るという制約を行動自体で超えている。逆説として言えば、政治的主題を制限することで多様な政治的意思や意識の表現を可能にしているといえる。

さらにいえば、可能な限り逮捕を避けるという方法を取っている。時に警察と歩調を合わせるような場面もあり、かつての運動経験者からは顰蹙《ひんしゅく》を買ったようだが、ここで重要なのは、警察（権力）と衝突することが前提で、そこに意味があると考えることが否定されている点だ。かつての運動は、どのような表現（意思表示）も権力との緊張関係を前提にするほかなかった。ここから権力との対立を際立たせることに意味づけする考えも出てきた。だから、こういう環境や時代の中で育った人たちには不満なのだろう。これは権力の出方で変わる。その具体的な動きの中で考えればいいのだし、主催者は考えていないわけはないと思う。ただ、先験的に権力との衝突を前提にした政治的な意思表示という考えは持たなくていいだけのことだ。前提は共同の意志の表現であり、意思表示である。その場の形勢において権力との関係は避けられないが、それは具体的に考えていけばいいのである。

現在の脱原発運動が、従来の政治運動や表現を超えて展開していることは確かである。かつて吉本が学生たちの行動に見た自立性がある。党派を超えた行動がある。正直に言えば、僕はこの点の議論を吉本と交わせなかったことが残念である。吉本は「むかしとった杵柄」はいけないという風にさりげなく忠告してくれたが、僕は今回の原発事故から出てきた脱・反原発運動に対する思想的な評価が聞きたかった。政治的主題を超えて、政治的な表現や行動を理解する吉本の思想からは何が見えていたのか。

（注1）**阪神・淡路大震災**　一九九五年一月十七日五時四十六分五十二秒、明石海峡を震源とする気象庁マグニチュード七・三の大地震が発生。兵庫県を中心に近畿圏の広域で甚大な被害が出た。死者六四三四人、行方不明者三人、負傷者四万三七九二人（二〇〇六年五月十七日消防庁確定）。

（注2）**地下鉄サリン事件**　一九九五年三月二十日八時頃、東京都内の帝都高速度交通営団（現・東京メトロ）で、宗教団体オウム真理教が神経ガスサリンを散布した同時多発テロ事件。乗客や駅員ら一三人が死亡、負傷者は約約六三〇〇人とされる。大都市で一般市民に化学兵器を使用した史上初のテロ事件として、全世界に衝撃を与えた。

（注3）**『産経新聞』のインタビュー**　【宗教・こころ】吉本隆明氏に聞く（1）弓山達也氏と対談／産経新聞夕刊一九九五年九月五日、同（2）オウムに〝親鸞的〟造悪論／同年九月七日、同（3）家族ン遺体の時代／同年九月十一日、同（4）死を説くオウムに魅かれた若者たち／同九月十二日を指す。

（注4）**一一年五月二十七日の『毎日新聞』夕刊**　宍戸護による取材談話「〈この国はどこへ行こうとしているのか〉科学技術に退歩はない：特集ワイド：巨大地震の衝撃・日本よ！　文藝評論家・吉本隆明さん」（毎日新聞東京夕刊二〇一一年五月二十七日）を指す。

（注5）**山本義隆**　一九四一年大阪府出身。東京大学大学院博士課程中退。元・東京大学全学共闘会議議長、科学史家、駿台予備学校物理科講師。著書に『磁力と重力の発見』全三巻（みすず書房／二〇〇三年刊、パピルス賞、毎日出版文化賞、大佛次郎賞受賞）、『福島の原発事故をめぐって　いくつか学び考えたこと』（みすず書房／二〇一一年刊）。

（注6）**アインシュタイン**　アルベルト・アインシュタインは、一八七九年ドイツ生まれの理論物理学者。現代物理学の父と呼ばれ、光量子仮説に基づく光電効果の理論的解明によってノーベル物理学賞を受賞した。一九五五年死去。行年七十六歳。

（注7）**メルトスルーした核燃料**　福島第一原子力発電所事故では、地下に設置されていた非常用ディーゼル発電機が海水によって故障。さらに電気設備やポンプ、燃料タンク、非常用バッテリーなどの設備が破損あるいは流出したことにより、全交流電源喪失状態に陥った。このため原子炉内部や核燃料プールへの注水が不可能となり冷却することができなくなった。核燃料は運転停止後も膨大な崩壊熱を発するため、注水し続けなければ炉内が空焚きとなり、核燃料が自らの熱で溶け出す。同発電所の一、二、三号機は核燃料収納被覆管の溶融によって、核燃料ペレットが原子炉圧力容器の底にに落ちる炉心溶融（メルトダウン）が起き、溶融した燃料集合体の高熱で、原子炉圧力容器の底に穴が開いたか、または制御棒挿入部の穴およびシールが溶解損傷して隙間ができたことで、溶融燃料の一部が原子炉格納容器に漏れ出すメルトスルーを引き起こした。

（注8）**経産省前テント**　二〇一一年九月十一日、霞が関の経済産業省庁舎敷地内の一角に原子力発電所の廃止を求めるテントを設営。二十四時間体制での泊まり込みや議論、交流、行動する場となった。翌一二年一月、枝野幸男・経済産業大臣が撤去命令。翌一三年一月、経済産業省は立ち退きを求めて東京地裁に提訴。一五年二月、東京地裁は「表現の自由の行使の側面がある」としながらも、テントの撤去や過去の敷地使用料として、被告側に一一四〇万円の支払いを命じた。さらに一六年、最高裁第一小法廷は上告を棄却。テントの撤去と約五年間の敷地使用料と、年五%の損害遅延金の計三八〇〇万円の支払い命令が確定。同年八月二十一日未明、東京地裁の強制執行によってテントは撤去されたが、撤去後もかつてのテント前ひろばで座り込みやスタンディングという形での行動が続い

ている。

（注9）**毎週金曜日の首相官邸前抗議**　二〇一二年三月、「原発の再稼働を許すな」と叫ぶ三〇〇人ほどの人々が東京・永田町の首相官邸前に集まった。それ以降、毎週金曜日の夕刻に大勢の人々が首相官邸前に集まり抗議の声を、最大二〇万人もが参加。金曜官邸前抗議は現在も続いている。

第二章　安保闘争のころ

沖縄問題以降の運動の地下水脈

僕が吉本を初めて訪ねたのは、一九六〇年の九月か十月のことであった。これはあちこちに書いてきたことだが、安保闘争も終わって総括の時期にあったころだ。僕らが参加した安保闘争を指導していた共産主義者同盟（注1）は四分五裂の状態であった。安保闘争の当時はプチブル急進主義批判（注2）をしていた革命的共産主義者同盟全国委員会（注3）がせり出してきたのが気にくわなかった。肝心の場面（一九五九年十一月二十七日の国会構内突入闘争）には批判的だったくせに、闘争の後から成果だけかっさらいに来るようなさもしいところがしゃくに障った。これは六〇年安保闘争を全学連主流派として闘っていた一年生の活動家には共通の心情だった。これは後々まで革共同（革マル派）嫌いになる要因でもあったが、ある程度はマルクス主義の理論的洗礼を受けていた上級生（二年生以上）の活動家たちとは微妙に違っていたように思う。理論的以前に、僕らは革共同が嫌いでとにかく上級生もブントの指導者も頼りにならず、吉本を友人と訪ねたのである。

当時、彼が住んでいた御徒町に行った。吉本はそこで黒田理論批判の話をしてくれたように思うが、後の話では安保闘争時（吉本は「六月行動委員会」(注4)を結成しそのメンバーとして行動していた）は、だいたいのところ中央大学や明治大学の学生の横に座り込んでいたので親近感もあったとのことだった。吉本はその時から、僕が七五年に第二次共産主義者同盟（第二次ブント）の叛旗派(注5)を辞めるまで、政治的にもいろいろ付き合ってもらった。付き合いは終世のものとなったが、そんな中でも今考えると、僕には一九六二年の社会主義学生同盟（社学同）(注6)「ＳＥＣＴ６」の時代、吉本の方は『試行』創刊の頃の、思想的に自由な雰囲気が濃密な記憶としてある。

この時代のことはまた論じることもあると思うが、突然のように話を飛ばしたのには理由がある。吉本が、政治理念よりは自己の存在の基盤から立ちあがる人々の政治的な行為や行動を評価したところに、僕が最初に吉本に魅かれてきたことを想起したいためだった。よく知られているように、あの安保闘争を革命的な理念（マルクス主義の理念）からでも民主主義的な理念（丸山真男の民主主義の理念）からでもなく、戦後世代の中に成熟してき民主制的な感覚、つまりは現存感覚として肉体化した民主制の感覚の表出というところから評価したのは吉本だけだった。政治行動を政治理念や主題よりも、政治的な表出感覚の方から評価する吉本の思想が、マルクス主義や民主主義の理念よりは現存感覚で出発した僕らの世代に光を与えたのであった。今振り返ると不思議なことだが、政治理念や主題において政治行動や運動を評価する思考様式は前提的なこととしてあったのだ。政治理念は革命的理念でもいいが、その内容はいろいろあり、対立や抗争を含むにせよ、それらが相対化されるところから見てみる思想はほとんどなかったのである。誰もその思考を疑ってはいなかったのだ。吉本は安保闘争の評価においてそれを超える先駆をなしたのである。

評論家・呉智英著の『吉本隆明という「共同幻想」』（筑摩書房／二〇一二年刊）を読んでいたら、六〇年世代が吉本に共感したことが分からないと言っていた。これは彼が思想的に鈍かったというだけのことであるが、マルクス主義や民主主義が理念として解体し空虚化していく時代に、僕らが現存感覚や表出感覚以外に頼るものがなく、あの時代に行動へ過剰なまでのめり込んだのもそこに理由があり、そのことを誰よりも正当に理解していたのは吉本だったのだ。

六〇年代から七〇年代初頭までの学生運動を追体験しようとした著作に政治学者・佐藤信の『60年代のリアル』（ミネルヴァ書房／二〇一一年刊）がある。この本はなかなか面白いのだが、例えば次のような文章がある。「六〇年代の運動を政治的合理性ではなく、彼らの肉体的衝動によって説明したい」とか、「そこで注目されるのは、若さゆえの肉体への興味であり、皮膚への執着だ」とかだ。「リアル」を「現実感覚」といってもいいのだろうが、こういう言葉を使うのは僕らの存在感覚や現実意識が、理念と現実の乖離、あるいは深まりいく中にあるという認識があるためだろう。

「リアル」という観点は、時代の学生運動や急進的運動の理解としていいと思う。この時代の革命的理念も民主主義的理念も、どんなに激烈に語られたにせよ解体し、空虚感を増すものだった。だから、行動は神話化され過剰に執着された。行動にしか存在感覚が見いだせない、あるいは意識の表出ができないと思っていたのだ。政治表現や行動は理念や主題を媒介するほかないから、これは矛盾として立ち現れた。この矛盾を否応なしに意識させられていたのだ。多分、これは他の表現にも言い得たことだった。

ただ、現存感覚や意識の表出感覚に執着したのであるが、それは佐藤の言う肉体的衝動や皮膚への執着とは違う。これは大事なところだ。彼の三島由紀夫や連合赤軍への興味と重なるところでもあるが、彼らを肉体的衝動や皮膚への執着として見れば、それは「精神の喩としての肉体」を持ってきたものであり、民主制の現存感覚、あるいは意識の表出感覚とは違うものだ。佐藤の視点では、六〇年代の急進的運動を支えていた行動者の意識と三島や連赤の意識との違いまで届かない。例えば、三島は戦後社会の空虚さを言う。これは戦後のマルクス主義や民主主義の空虚化と重なる。政治的な主題の空虚化でもいい。だが、この空虚化を埋めるものとして「精神の喩としての肉体」を持ってくるのと、現存感覚や意識の表出感覚で為そうとするのは違う。この問題は六〇年代の急進的な運動の限界として現れたものだ。僕が今、この問題を提起したのは、この歴史的文脈で沖縄問題以降の運動を見たいからだ。沖縄問題や原発問題が出てきているが、歴史的な流れというか、文脈の中で理解したいのである。僕は脱原発や反原発の運動から女子柔道強化選手による暴力告発問題まで含めて、地下水のようにあったものとの関連で見たい。マルクス主義も民主主義も理念としてはより深いかたちで解体と空虚化を増している。これは理念の空虚化が制度の壊れという水準にまで移行していることだ。

女子柔道問題については注釈がいるかもしれない。女子柔道強化選手の告発は、武道という日本的精神主義の世界の空虚化といえる。マルクス主義や民主主義とは違う領域で生き延びてきた武士道（武道）の精神が、解体や空虚化に直面しているのだ。やたらと武士道精神とやらが振り回されることは現実的に通用しなくなっているに過ぎないのである。現実基盤のところで壊れているのだ。
僕は、吉本の昭和女子大学での講演で芸術的言葉の問題として、沈黙の言葉を強調していたのをこうした文脈で理解した。吉本は二〇一〇年に『神奈川大学評論』で、「戦後第四期の現在をめぐって」という副題のついた「柳田國男から日本、普天間問題まで」という対談を行っている。今の時代は普遍的なことに満ちているけど、それを一つひとつ摑んでみたいという考えはダメだという形で、政治的、社会的な主題をつないでいけばいいという方法はダメだと語っている。時代や情勢の方で現れる政治的主題から世界を摑むというのはダメと言っている。「自分が自分に対して問いを仕掛けて、それで答えると、答えは誰にも聞こえないし誰にも影響させることができるわけがない。だけど、そういうふうな生き方をとる他はだめなんじゃないですか。ぼくなんかはそれ以外はちょっと、いま方法がないんじゃないかという感じをむしろ持っていますか」、「……だけど自分のはまり込んでいる場所というのは、自分がどうかしないと他の誰も言ってくれる人も方法もないんです、そういうことが現実で、一番大切で重要なことのように思うんです」（神奈川大学評論）
この対談で吉本は戦後第四期の政治的・社会的な主題はさらに空虚でダメになるから、自分の現存感覚や表出感覚に執着する以外に方法はないと述べている。ただ、僕は沖縄問題や原発問題を政治的・社会的な理念や主題よりは、現存感覚や表出感覚の現在的な現れという点で摑みたい。戦後第四期というならそこで出てきたものを歴史的な文脈の中で見たい。

現在に対する実感

吉本は現在を「戦後第四期」と規定しているが、どういう文脈で使っているか正確には分からない。ただ、今（二〇一〇年六月時点）がその始まりだという感じで言っているから、その内容をこれから展開しようと思っていたのだろうと推察できる。この中では、まだ何かが足りないから見えてこないともいっているが、自己の内在的な世界と外在的な世界の乖離感というか、剝離感が強くなっていると感じているのは明瞭だ。吉本流にいえば、自己の心身の活動としてある小人類史と、いわゆる人類史（政治、社会、文明、文化など）を自己の内で相渉らせることの困難性の深まりを現在として把握している。政治的には沖縄の普天間基地移設問題が大きく浮上していた時期であり、すぐ後に二〇一一年の「三・一一」が起こるが、吉本が自己と世界の関係で見ていたことは僕らが現在に感じていることであるようにも思う。僕らが経験的に日常的にある場所で動き、判断していることには格別に見えないことがあるとは思っていないけれど、世界の動きについて認識したり判断したりしようとすると見えないという思いが増す。水面下で泳いでいる分には世界が分からないことはないが、水面上で世界を見ようとするとだんだんと分からなくなっていくという実感がある。ここでの孤立感というか、手触りのなさを僕らは感じているのではないか。

吉本のこの口ごもったような語りで表現している現在に対する実感は、政治的な運動の中にもある。自分の中では意識的に世界を認識し判断しようとして以来の構図がだんだんと大きくなってきたのだと思う。これは六〇年安保闘争以来のことだといえる。幸か不幸か、僕は安保闘争で自分たちの現実意識（現存感覚や表出意識）と政治理念や政治主題の間の裂け目のようなものを持って闘わざるを得なかったと述べた。そしてこれは自分の世界との関わりにおける原点のような位置を持ってきた。もっとも、あの安保闘争の日々にこうしたことを自覚していたわけではない。こうした意識に到達するのは、総括と呼ばれた反省的な時期においてである。

僕はこの時期に吉本に出会い、彼の自己と世界を相渉らせようとした思想的営為に共感したのだが、現在までそれは変わらなかったと言える。原発問題での見解の違いはあるが、それはそれだけのことに過ぎない。自己の現存感覚や表出意識にしか頼るものはなく、理念や主題に空虚や空白を見るほかなかったのはそれ自体が歴史の流れとしてあるからだろう。だが、この歴史の流れは変わることのない構図としてある。吉本が生涯の闘いとして挑んだことは現在も続いている。吉本の個の時間と歴史的時間のある部分を共有したと思ってきた僕は、現在に挑むためにこそそれを振り返り反復せねばならない。

梁山泊のようだった吉本邸

現在が戦後の第何期にあるにせよ、自己と世界の関係で僕が原点と呼んだ関係は、構図を少しも変えずに深まる一方である。僕はここで安保闘争後の吉本の仕事を振り返ってみたい。これは回顧ではなく、時代の節目に何を考え提起していたかを振り返るためだ。僕らが現在をどう考え、何を提起し得るか、つまりは世界へ関わるためである。

安保闘争は何かの終わりであり、始まりだった。これは誰もがそれぞれの立場で語ったことであった。こういうことは敗戦後にもいわれたかもしれない。僕は先に僕らの安保体験とは現実意識（現存感覚や表出意識）と理念の裂け目を見たことだと書いた。これはその後に理念（革命的・政治的理念）の空虚性の発見となり、擬制という言葉がそれに投げかけられた。僕らが空虚性を見いだし、それに擬制なる言葉が付与されることと、それから解放され、自由になっていくこととは異なる。僕らが世界に関係し、関わるには何らかの理念、あるいはそれに類するものが必要だからである。

僕は安保闘争の後に、一九二〇年代から三〇年代に日本社会に登場した理念（革命理念・政治理念）が擬制的なものと露呈しはじめたと認識した。戦前に一度は敗北し、敗戦で復活したものだが、大ざっぱ過ぎるかもしれないが、マルクス主義や民主主義として括っておく。僕は安保闘争後、政治運動や社会運動の側に身を置きながら、その解体と新しい政治理念や社会理念の創出を志向していた。時期的に言えば一九七五年頃までである。全共闘運動を挟んでそれが終焉していくまでといってもいいだろうか。この期間は運動から離れたり、また加わったりした。運動では僕らが擬制と呼ぶところの理念を媒介するほかない矛盾にあった。僕らの内在的な世界と理念は矛盾というほかない関係の中にあり、過渡である他ないという認識だった。

吉本は六一年に『試行』を創刊する。彼には『芸術的抵抗と挫折』『転向論』などがあり、安保闘争の総括として『擬制の終焉』を出していた。彼は安保闘争において全学連主流派や共産主義者同盟（ブント）を支持したために物書きとしての場で強いられる孤立に抗するためだと記している（『吉本隆明が語る戦後55年〈1〉60年安保闘争と『試行』創刊前後』／三交社／二〇〇〇年刊）。自立をジャーナリズムという場を考え実践したものである。谷川雁[注7]と村上一郎[注8]を同人としての刊行であるが、吉本は谷川や村上との思想的な違いを了解しながら進めたと語っている。そのころ吉本宅によく出入りしていた僕は、そこで谷川や村上にも出会うことになった。六〇年の暮れから六一年の『試行』創刊のころ、御徒町の吉本宅は梁山泊[注9]のようであった。これがどれだけ続いたかは明瞭でないが、このころが一番賑やかだったという印象がある。

僕らは学生グループの遠慮なさで、誰かが吉本の家に行こうと言いだすと連れだって出かけた。中央大学の駿河台校舎から御徒町はすぐ近くだったこともある。僕らは酒（トリスウイスキー）と肉を持って出かけていった。『試行』発刊の打ち合わせのためか谷川や村上はよく来ていたし、他方で現代思潮社の石井恭二[注10]は雑誌『白夜評論』の発刊を予定し、吉本を口説きに来ていた。石井は晩年に道元の『正法眼蔵』全四巻（河出書房新社／一九九八年刊）の対訳をし、『性愛の智恵　大楽金剛不空真実三麼耶経　仏教と密教をめぐって』（同／一九九七年刊）、『親鸞　日本思想史上空前の平等思想の意味を解く』（同／二〇〇三年刊）などの著作を出している。僕は現代思潮社にもよく出入りさせてもらったし、お金がなくなると本をもらって古本屋で売り飛ばしていた。また、森本和夫（ルフェーブルの訳者で『白夜評論』の常連執筆者）や澁澤龍彦[注11]などもよく出入りしていて顔見知りになった。この雑誌を舞台にサド裁判が起きるのは少し後である。

吉本宅はいつも議論が盛り上がり宴会をやっているようであったが、思想的に自由な雰囲気の場は僕にとっては初めての経験だったが、後にも先にもこんな場はなかった。マルクス主義に対しても自由な論議があり、その知的権威から解放された。運動の場ではマルクス主義は権威を持ってはいたが、僕にはそれはなかった。安保闘争が共産党の権威だけでなく、マルクス主義の権威も崩壊させ、その結果として出てきた自由で豊饒な議論が展開されていたのである。この場の経験は政治運動や組織の場での議論の貧弱さとの対比を感じさせるものであったが、政治的な場の議論を相対的に見ることを身につけさせたと思う。

僕は村上が好きで、武蔵野の彼の家をよく訪ねていくようになった。個人的な悩みの相談にも乗ってもらった。彼は酒が好きでいつも焼酎の小さな瓶を持っていて、よく勧めてくれた。今の焼酎と違って匂いのきついものであったが、健康にはいいというのが村上の言だった。村上とはその後長く付き合いが続いた。谷川はこのころ九州の中間市の大正炭鉱で労働運動をやっており、確かあれは六一年の暮れだと思うが、支援のために日銀にデモをしたことがある。こちらは現代思潮社の方が応援していたが、中大社学同なども支援することになる。日銀始まって以来のデモといわれたのであるが、僕にとっては初めての逮捕を経験することになる。吉本や谷川には人々から熱い視線が向けられていた。

安保闘争に強い敗北感があった吉本

経産省の隅に脱原発のテントがある。もう五四〇日を超えてあるが（最終的に一八〇七日続いた）、このテント前ひろばでは時折、時間に関係なく演奏会のようなものが行われることがある。この間も終電車近くに泊まりの面々が小さな楽器の演奏をはじめ、僕と同年代の人が静かに「アカシアの雨がやむとき」(注12)を歌い始めた。僕も横で歌っていたのだが、この歌は六〇年安保の後に流行っていた。吉本宅が梁山泊のような様相を呈していた時期である。吉本の家でこの歌を歌ったかどうかの記憶はないが、学生たちは好んで歌っていた。

この歌は安保闘争最中の六〇年四月に発売されたが、流行したのは闘争後で、六〇年の暮れからだったような記憶がある。安保闘争の敗北、あるいは挫折に漂う挫折感が重なりあって「時代の歌」のように語られてきた。確かに大きな意味では安保闘争は敗北であったことは間違いではない。しかし、挫折や敗北は時代が流行らせた言葉であるという面もあり、人によっては微妙に違っていた。吉本は安保闘争に深い敗北感を持っていたようだった。それは彼が安保闘争にどう臨んでいたかに関係がある。彼は六月行動委員会に属していたが、これは出版社の編集者などで構成され、全学連主流派の学生などと行動を共にしていた。彼がそうした大きな理由の一つは、その行動様式に共感したことである。ラジカルな行動であるが、そこに自由さと自立性を見ていた。これを独立左翼の運動としてイメージしている。ロシア革命から始まる左翼運動の枠組みから独立した左翼の運動というわけである。さらに安保闘争を日本資本主義に対する最後の闘争と位置づけていた。

「さらにもう一つ、自分なりの判断に属しますけど、この安保闘争というのが、戦後日本の資本主義の秩序に対して反抗できる最後のチャンスだろうなというのがありました。つまり、これでダメだったら、もう日本で社会主義を実現するとか、共産主義を実現するとかそんなことはもう成りたちっこないよと思っていました。これが最後のチャンスじゃないか、みたいなことですがこれはやはり重要だと思えたのです」(『シリーズ20世紀の記憶　60年安保・三池闘争：石原裕次郎の時代：1957-1960』毎日新聞社／二〇〇〇年刊に所収「日本資本主義に逆らう独立左翼」)

「結局、何をしたかというと、何も出来なくて学生さんの後にくっついて行っただけということになりますが、とにかく終わって、いわゆる挫折感ということになるわけです。結局やれる限度はここまでだという、これでもって日本の戦後社会、戦後の資本主義社会は万々歳になるよな、というのが終わった時の感想です」(同)

吉本は六〇年の安保改定に対する闘争を日本資本主義に対する闘争と位置づけていて、安保条約の改定は二の次にしか見ていなかったと語ってもいる。安保闘争を安保破棄の闘争として主題化することを重要視してはいなかった。日本資本主義、あるいは日本の国家権力との闘いという面を中心に据えていたのである。こういう観点があったから挫折感も強かったのである。

独立左翼的な運動の再建という目標

僕は安保闘争が日本資本主義に対する最後のチャンスとは考えられなかったが、当時、すでに日本社会では革命の条件である政治的、社会的危機は遠のきつつあると感じていた。学生になったばかりであったのだから最後のチャンスという認識を持っていないのは当然であったが、安保闘争が革命的危機を媒介にしない中で革命的（？）に闘わざるを得ない矛盾のようなことは直観していた。行動的に急進化してもせいぜいのところ政府の政策阻止が精一杯で、政治危機すらつくりだせない状況にあることは分かっていたのである。急進的言辞と現実の矛盾は感覚的に理解できていたといえる。

左翼的な理念の外から闘争に加わった僕らには、普通の感覚としてこれはあったように思う。安保の後でも左翼グループでは危機（論）が強調されていた。それしかなかったと言ってもいいが、内部議論の危機（論）と現実意識の距離は認識していた。一九二〇～三〇年代から危機論で人々を扇動する左翼の伝統的な様式は続いていたが、それに醒めている面もあった。吉本は全学連主流派の学生たちの行動や理念を独立左翼的なものとして期待した。ここに次の時代を担う、あるいは日本の資本主義を超えていく萌芽を見ていたということになる。先にも述べたことだが、ブントに指導された全学連主流派の行動に自由で自立的なものを見ていた。ソ連や中国などの国際共産主義の流れとは独立した左翼理念を持とうとしていた部分への共感があった。これはマルクス主義（ロシア革命以降に権威となり、思想的支配力を持つに至った左翼理念）から独立した理念を築こうとしていた部分である。

ただ、安保闘争の敗北は総崩れ的な状態を生みだしていた。学生たちはばらばらな状態の中で孤立を強いられていたし、全学連主流派の行動を支えていたブントは四分五裂状態だった。吉本宅が梁山泊の様相を呈した中で、吉本はある意味で敗戦処理のようなことを引きうけていた。僕らも敗戦の一員だったといえるが、吉本は敗北の中から次を展望しようとしていた。これを自力でやるというのが吉本の強い決意であり、自立思想の実践そのものであった。吉本の思想と行動のスタンスだったといえる。

これから何かが始まると考えていた僕らと、安保闘争で強い敗北感を持った吉本とでは微妙に違っていたのかもしれないが、独立左翼的な運動の再建という意味では共通の目標を持っていた時代だった。吉本は一九六二年に『擬制の終焉』(現代思潮社)を出す。これは安保についての代表的な著作である。吉本は安保闘争後の敗北期の学生たちを支える思想展開をしながら、日本の左翼思想、あるいは反権力思想の創出を目指すことになる。マルクス主義の系譜とは別の思想の構築を目指す歩みになるのである。僕らは運動面で再建を期していた。

安保改定を推進した体制や権力の側は?

六〇年十月九日に公開された大島渚(注13)の『日本の夜と霧』は四日後に上映中止になった。公開直後の十二日に起こった浅沼稲次郎暗殺事件(注14)が大きく影響しているといわれていたが、安保闘争に対する対応が主因だったと思われる。この映画は主題がセンセーションに扱われることで波紋を呼んだのだが、大島渚はこの処置に抗議し松竹を辞めている。これもある意味では安保闘争の影響の大きさといえるだろう。

一般に安保闘争は「壮大なゼロ」といわれ敗北と認知されてきたが、改定を推進した体制や権力の側においてはどうであったろうか。安保闘争を推進したのは岸信介(注15)であるが、彼は日本の自主軍備強化(憲法改正も含む)と引き換えに日本のアメリカからの自立を出そうとしていた。吉田茂によってサンフランシスコ条約と引き換えに結んだ日米安保条約の片務的性格を改善しようとしていた。この点でいえば片務的性格を両務的性格に替えるという政府の宣伝はある程度は効いていた。しかし、同時に自主軍備強化や憲法改正で日本の軍事力を強化し、アメリカの要請による軍事パートナーに歩を進めることも構想されていた。自衛隊の海外派兵も構想に入っていたのだといえる。アメリカが日本に自主軍備強化や憲法改正を要請していた意図にはこれがあって、岸は名目的な独立性と引き換えに対米従属を一層深めようとしていたともいえる。

この岸の構想に対して、吉田茂は軽武装経済重視という対立関係にあった。吉田は自主防衛強化にも憲法改正にも消極的であり、アメリカの要請に応じて軍事パートナーになることに抵抗した。彼は経済発展に軸を置くべきだとしていた。この吉田の戦略に対抗的関係にあった岸によって安保改定は推進されたのだが、岸の後をついだ池田首相は所得倍増を打ち出し、経済の高度成長に舵を切った。これは吉田の戦略に軌道を戻すことだった。その意味では岸の自主防衛強化から憲法改正へという構想は大きく狂ったのであり、後退を余儀なくされた。日本資本主義が安保闘争で勝利したことは間違いないが、その後の国家戦略にこうした影響をもたらしたのである。日本が高度成長のもと経済重視の戦略をとり、アメリカの軍事的要請に相対的な距離を取ってきたのは六〇年安保闘争の影響抜きには考えられないことである。自衛隊の海外派兵を拒んできた力にもなったのである。六〇年代後半のベトナム戦争時に自衛隊の派遣が俎上に載せられることがなかったのはここに因がある。岸と佐藤栄作の兄弟は、安保闘争時にデモ抑圧のための自衛隊出動を強く主張した。自衛隊のデモ抑制への出動を当然のごとく考えていた岸・佐藤兄弟にとっては自衛隊のベトナム戦争派遣もあり得たことだったと想像できる。(注16)

「過渡」をめぐって

安保闘争の敗戦処理に手を尽くしながら、『試行』を創刊し、自立の拠点をつくり闘いを持続しようとしていたこの時期を、吉本はどのように見ていたのか。当時、時代に対する認識としてよく使われていた言葉に「過渡」という言葉があり、いい言葉であったが、現状の規定がしにくい、あるいは描きにくいものでもあった。既成の言葉や像に対する否定を含んでいたからだが、それにふさわしい言葉を作り出すことが困難だったからでもある。混沌とした時代の相は言葉の解体の時代でもあった。当時、人類史が資本主義から社会主義の段階に入りつつあるという歴史観があった。他方で一九一七年のロシア革命以来、社会主義が実現し世界は資本主義体制と社会主義体制の対立と競合の時代に入ったという世界像もあった。この二つは左翼の歴史観や世界像であったが、マルクス主義の歴史観であり世界像でもあり、大きな力のあった歴史観であり世界像だった。

共産主義者同盟（ブント）は、現在の世界が体制的対立（社会主義と資本主義の対立）にあるという世界像を否定していた。当時のソビエト連邦や政権を取ったマルクス主義の国家を社会主義体制国家と認識することは否定していたが、ロシア革命をどう見るかはまだ曖昧なままだった。これはさしあたって社会主義圏と称していた部分の否定は明瞭であっても、ロシア革命以降にマルクス主義が流布させてきた歴史観を否定しきれてはいなかったということでもある。言うなら、共産主義者同盟をはじめとする新左翼の集団はロシア革命以降のマルクス主義の左翼反対派的立場を引きずっていた。

例えば、七〇年に向かう段階で第二次共産主義者同盟の論議として出てきた「過渡期社会」というのはこれを明瞭にする。「過渡期社会」という歴史観あるいは世界像はロシア革命以降、世界は過渡期社会に入ったというものだが、ロシア革命によって人類史が社会主義の段階にあるというマルクス主義の枠組みを踏襲していた。左翼反対派的な立場がここではより明瞭になったといえる。時代を「過渡」として認識することと、この「過渡期社会論」は別といえるが、正確には「過渡」という言葉にはこうした左翼反対派的立場と独立左翼的立場が混融しながらあったように思える。歴史段階として資本主義から社会主義への移行期という歴史観と、ロシア革命で社会主義が実現し世界の体制になったと、世界像の否定を含んで過渡という言葉があったが、新左翼の政治集団は基本的には左翼反対派的立場であった。その中に独立左翼的立場も混じっていたというのが実際のところだった。

この根本にはマルクス主義に対する立場があった。マルクス主義によって流布されてきた歴史観や世界像の枠組みに留まるか、そこを離脱できるかが、過渡という言葉に与えられるものを規定していた。新左翼の政治集団は、マルクス主義の枠組みから離れられないで左翼反対派に留まったが、吉本はマルクス主義とマルクスを区別し、そこから世界認識の方法を構築しようとしていた。マルクス主義への対応が独立左翼と左翼反対派の分岐をなしていくのであるが、吉本の立場は明確だったと思える。これは過渡という時代をどう見るかでもあったが、吉本にとってそれは長い射程のものだった。

三浦つとむと吉本

六〇年安保闘争を経て、知的にはマルクス主義の、政治的には日本共産党の権威の喪失は強烈であった。これはある意味で解放感を醸し出していた。梁山泊のような様相を呈した吉本宅での自由な思想的論議や場の雰囲気は、それをよく表現していた。既に述べたが、これはある意味で矛盾として心的に現象してもいた。なぜなら、この権威から自由になっていくことは拠り所となる思想というか、言葉の喪失を意味していたからである。こういう現象は歴史の場面ではよく現れることかもしれない。敗戦期に多くの人々が味わったことともいえる。そんなことを自然に想像したが、第一次世界大戦後に多くの人が実感したことでもあった。

もちろん、第一次・第二次世界大戦がもたらした権威の解体に比すれば、安保闘争のそれはスケールが違うだろうが、思想的な経験としては似たところもあったのだと思う。今になってみればマルクス主義や共産党の権威の喪失などさしたることには思えないだろうし、意識の対象に上ることすらないだろうが、当時はそれなりに大きなことだった。世界史的にはロシア革命から始まる知と政治（革命）の物語がまだ生きていたからともいえるし、日本での反権力的な抵抗の物語が存続していたからともいえる。一九二〇年から三〇年代の思想の権威が存続していたこともあると思う。

マルクス主義の理論が実践性の示唆を内に持つためとか、今世紀では乗り越え不可能な総合性を持つため（サルトル）とかいろいろいわれてきたが、結局のところ、マルクス主義が意識的（心身をあげた行為として）に世界を変えるという理念だったからではないのか。資本主義は歴史の無意識の最高の存在といわれるが、歴史を意識的に変えるという契機をマルクス主義が代表するところがあったからではないか。多くの知識人を魅了し、引きつけてきたマルクス主義の契機はそこにあったように思える。ロシア革命の権威も日本における反権力の抵抗の運動の権威もそれを根底にしていたのであり、それから見ればこの権威は相対的なものだったように思える。吉本がマルクス主義や日本共産党の知的、政治的権威の喪失の中で、マルクス主義ではなく、マルクスの思想を根底にして日本の反権力思想や左翼思想を再構築しようとしたときに、一番考えたところもここだったように僕には思える。[注17]

吉本がマルクスの著作を読んだのは、年譜によれば一九四九年頃であるといわれる。川上春雄の作[注18]成した年譜ではこの頃に古典経済学や『資本論』を集中的に読むとある。そして吉本は、この年に大阪の詩誌『詩文化』で「ランボー若しくはカール・マルクスの方法についての諸注」を発表している。戦後は継続的に読んでいたであろうが、意識的に取り組んだのがこの時期だったのだと思う。吉本が「マルクス紀行」（『図書新聞』に「マルクス紀行―幻想性の考察から『詩的』と『非詩的』の逆立へ」の題で七回連載）と『マルクス伝』を発表するのは六四年だが、安保闘争後にまた集中的に読んだのだろう。そこではマルクス主義の解釈を経たマルクスではない独自の像が創られてもいた。吉本は『試行』で「言語にとって美とは何か」を連載し、他方で『丸山真男論』（一橋新聞部、増補改稿版／一九六三年刊）を書きながらマルクスについて論究していた。そしてこの時期に一番大きな影響を与えたのは三浦つとむ（注19）であると思われる。三浦は吉本が一番尊敬していたマルクス主義者であり、『試行』から谷川雁や村上一郎が離れた後に吉本を支えた存在だった。

谷川雁と吉本の相違

ここで少し脱線するが、『試行』創刊から谷川雁や村上一郎が離れた頃のことを記しておきたい。『試行』同人になったころの谷川雁は、筑豊と呼ばれた福岡県中間市の大正炭鉱（注20）で労働運動をやっていた。この大正炭鉱で争議があり、青年行動隊を組織し、五九年から六〇年の三池闘争を超える闘いを組むと宣言していた。谷川には『原点が存在する』（弘文堂／一九五八年刊）や『工作者宣言』（中央公論文庫／一九五九年刊）などの著作があり、僕らはそれをよく読んでいた。日本共産党や日本労働組合総評議会（総評）を超える労働運動を追求しているという期待もあり注目されていた。東京では現代思潮社の石井恭二や、同社の編集部にいた松田政男[注21]などが谷川の行動を支援していた。学生では犯罪者同盟をつくる平岡正明[注22]などが加わっていた。青年行動隊などを支援するために「後方の家」をつくるための活動もしていたのだった。

僕が社会主義学生同盟（社学同）「ＳＥＣＴ６」のメンバーたちと大正炭鉱の支援に出かけたのは六二年の春だった。確か、僕らが泊まったのは出来上がっていた「後方の家」であったように思う。現地では日本炭鉱労働組合（炭労）系（総評の加盟単組）の執行部と青年行動隊を支持する面々が方針をめぐって一触即発の状態にあり、緊張していた。炭鉱住宅（炭住）を一人で出歩くことも禁じられていたように思う。青年行動隊のメンバーは、いざとなればダイナマイトを腹に巻きつけて炭鉱の奥深くに潜り込むのだと意気込んでいた。生産点の占拠であり、占拠の思想を語っていた。こうした緊迫感の中でも僕らは夜になれば青年行動隊の面々と飲み屋に出かけ、強い焼酎とトンチャンと称していたホルモン料理に舌鼓を打っていた。こう言えばいくらか格好がつくが、若い炭鉱労働者の酒の強いのに舌をまいていたというところが実際だった。

「後方の家」では青年行動隊のメンバーと革命談議のようなことをやっていたが、僕はそのころ「革命は比喩である」という観念に取りつかれていて、夢中になって喋っていたように記憶する。あらゆる形態を考えても革命をイメージできない現在では、革命はただ何かが変わる比喩としてしか言えないのだ、そんな過渡を僕らは生きざるをえないということだった。もう革命をイメージできる時代は終わったし、革命という理念もイメージも無限に解体していく時代をどう生きるのかと。青年行動隊のメンバーの青年は、もう革命はこないだろう、けれども擬似革命のようなものはくると主張していた。谷川はこの議論を「革命比喩論と疑似革命論」として小論に取り上げていた。

その頃、谷川は森崎和江[注23]と一緒に暮らしていた。その住まいをコンミューンと称していたように思う（記憶違いかもしれない）。特異な男女関係であり、ちょっと魅かれるところもあった。旧来の家族関係ではない男女関係というのは新鮮な気がしたのである。その後、森崎和江はその生き方と女性の立場からの表現者として魅惑的な存在になる。『非所有の所有　性と階級覚え書』（現代思潮社／一九六三年刊）や『はははのくにとの幻想婚』（同／一九七〇年刊）『闘いとエロス』（三一書房／一九七〇年刊）など、性と革命の問題の言及は斬新だった。この時に僕は谷川から、大学を辞めて労働運動をやらないかと誘われた。自分としては割と真剣に考えたように思う。僕はもう少し学生運動を続けたかったので、帰ってから吉本に意見を聞いた。吉本は否定的だったが、彼らの運動観の違いを垣間みた。吉本と谷川の微妙な関係を知ったように思う。

オルガナイザーとしての谷川雁の魔力

大正行動隊は戦闘的第二組合のような位置を持っていたのであるが、谷川は闘争形態を通して一九六〇年の三池闘争を乗り越えるべき闘いを志向していた。社学同「ＳＥＣＴ６」のメンバーで早大生の河野靖好はそのまま現地に残った。彼は後に大正炭鉱の退職者同盟の書記となるが、谷川にオルグされたのだと推察する。僕も似たような誘いを受けたことは前のところで記したが、彼の説得力は相当なものだったのだ。オルガナイザーとしての谷川の魔力のような力は、女にもてたことも含めて伝説になった。僕が中間市まで森崎和江を訪ねたのは七一年だが、家にはまだ谷川と書かれたポリバケツがあるのを見て驚いた記憶がある。

谷川は六五年に筑豊から東京に出て「ラボ教育運動」を始めたが、政治思想的な表現（文化的批評も含む）は沈黙した。『試行』から谷川が離れるのはもう少し前である。六〇年代の後半から七〇年にかけて谷川の影響力は急速に消えていったように見えるが、全共闘運動の学生たちには彼の思想的な影響は強く残っていた。

谷川の初期の思想は『原点が存在する』や『工作者宣言』で表現されているが、原点は近代的なプロレタリアート（労働者階級）よりももっと底辺の存在に革命（エネルギー）の根拠を見いだすことだった。「下部へ、下部へ、根へ根へ、花咲かぬ処へ、暗黒のみちるところへ、そこに万有の母がある。存在の原点がある。初発のエネルギーがある」（『原点が存在する』）。原点とは革命、あるいは革命的エネルギーの原点であり存在根拠にほかならない。

この一節は近代的なプロレタリアート（労働者階級）に体現されるとした普遍性（革命性）が日本やアジアでは部分であり、そこには収まらないもっと包括的な存在を見いだすほかないという感性にイメージを与えるものだった。彼は中国革命において毛沢東が農民に見いだしたものをイメージを拡大して原点にしたのだといわれるが、これは吉本が大衆原像を想定することに匹敵するものであった。この原点は概念としては多分に曖昧さを持つものであったが、イメージとしては喚起力のあるものだった。日本の近代化が世界の先端部分（近代西欧の思想制度）の移植であり、それが日本社会の普遍に転化し、そこから疎外される前近代的なもの、あるいはアジア的なものは段階的に解消していくというのが、知識人をとらえてきた定型的な日本社会の像だった。

谷川はこれとは違う日本社会像を提起していた。吉本の大衆原像論には柳田國男の常民のイメージがあったが、この谷川の原点には稲作農耕民ではない流民の存在もあった。後に詳しく触れることになるが、谷川のイメージは中上健次に強い影響を与えたように思える。谷川も中上の作品に触れた批評を書いている。八五年頃のことである。彼の原点というイメージは日本社会の「二重構造論」に深められる。原点は五〇年代のものであり、「二重構造論」は六〇年代のものである。これは近代に対する前近代的なものの存在を歴史段階の遅れ、あるいは残存ではなく、近代的な存在とその再生産に不可欠な構造的原理としてあるという認識として提示されていた。日本の近代化の影に膨大に存在し、再生産される臨時工や下請け、あるいは孫請けといわれる人々の像から導かれたものである。これらに構造的な視点を導入するものだったが、日本の歴史を貫く構造としてイメージされたのである。これは全共闘運動の時代に第三世界論や差別論が登場する思想的な基盤を成したといえる。経済の高度成長で二重構造は消されていったように見えるけれども、格差が拡大を続ける今、日本社会の構造と再生産の問題として再検討されるべきものであるともいえる。

「生産点の占拠」という思想

谷川の提起したものに「生産点の占拠」という思想があった。これは五九年から六〇年の三池闘争から導かれたものであると思われるが、大正炭鉱の争議でもよく語られていた。この思想は六二年の大学管理法案反対闘争で、(注24)安保闘争型の街頭急進行動をどう乗り越えるかという意識のイメージ的な導きの糸になっていた。その後の全共闘運動の大学占拠（バリケード占拠）のイメージの萌芽であった。大学闘争では「生産点の占拠」という思想が背後に存在したのである。六八年の全共闘運動で現実化した東大安田講堂占拠は、前段の大学管理法案反対闘争で構想としては存在していた。安田講堂の壁に書かれていた「連帯を求めて孤立を恐れず」という言葉が有名になったが、これは谷川の言葉である。が、これ以上に大学占拠の思想は彼の「生産点の占拠」から影響を受けたものであったのである。

谷川の思想には集団や運動のコンミューン的な生成論がある。これは共同体論であり組織論であり運動論であるが、定型化しある意味では制度化した、つまりは擬制化した前衛論（政治・社会運動論）に対して別のイメージを提起するものだった。左翼の組織論の定型であった前衛論（前衛党論）はレーニン組織論によるものであり、また、マルクス主義の組織論でもあった。これは前衛として結集した政治的存在が、労働者や大衆に革命的意識を外から注入（外部注入）することを不可欠とする原理であった。大衆を啓蒙されるべき存在と見なして、大衆の自立的な意思表現に革命性を見いだすことと対極にある考えだが、谷川の共同体論はこの自立的な意思表現が形成する集団や運動にコンミューン（共同体的）な像を与えるものだった。この組織や運動の構成論は未完のままに終わった印象だが、提起されたものは残ったのである。

構造は同じでイデオロギーなどを別にした前衛（前衛党）を創れという主張もあり、新左翼の政治集団はこれに基づいて多く創られていったが、その構造を変えることなしには定型化（擬制化）した政治的・社会的運動や組織は乗り越えていけないという提起も存在した。吉本の前衛論批判と谷川の共同体論（コンミューン論）はこの後者の提起であり、第二の前衛（前衛党）を目指した新左翼の政治グループに批判的な部分に大きな拠り所を与えていたのである。特に全共闘運動の組織や運動への影響は強かった。

歌人・村上一郎

吉本と谷川が詩人であったとすれば村上一郎は歌人であった。その村上も谷川から少し遅れて『試行』を離れる（『試行』は六四年六月には吉本の単独編集となり、三浦つとむがそれを支えるようになる）。村上は七五年に自刃して亡くなるが、『試行』を離れたあとは桶谷秀昭と共同編集の雑誌『無名鬼』（一九六四年十月創刊、一九七五年十月の村上一郎追悼号以後廃刊）出していた。僕が村上と最初に会ったのは吉本宅であったと思われる。その後で記憶に残るのは彼が順天堂大学医学部附属順天堂医院に入院している時に見舞いに出かけたことである。多分、入院していることは吉本から聞いたと思うが、その当時はどういう経過で入院しているかは知らなかった。後から知ったのは多摩美術大学の大学紛争での行動を心配した学長が、慌てて入院させたということだった（行動とは、学生部長だった村上が、対峙する学生たちの前に軍服姿で剣をさげて現れたことと伝え聞いた）。

病院は御茶ノ水にあり、僕は何度か訪ねたが、村上は散歩のついでに僕が出入り場所にしていた中央大学の学生会館に立ち寄ったこともある。こうしたこともあって、後には同大学生会館の自主講座で「軍事論」の講座をやってもらった。村上は毛沢東の軍事思想から日本の軍隊の軍事思想まで論じるつもりだったらしいが、大学闘争の激化の中で学生会館が閉鎖され中断されてしまった。村上は異様な行動に走るくらいに精神が昂ぶっていた時期でもあったらしく、こういう時期に誘うのはよくないと吉本には忠告されたが、僕は気持も落ち着くのではと思っていた。軍事論の関心が高まっていたのにまともに論じられる人がいなかったこともある。

この講座に僕はなるべく顔を出すようにしていたが、その後は村上と会う機会はあまりなかった。奥野健男著『三島由紀夫伝説』（新潮社／一九九三年刊）によれば、三島は七〇年に向かう学生たちの行動に対して切り込んで対抗する構想を持っていたらしいが、また、村上は三島らに対抗する気でいたとのことだ。学生側に立って三島らと切り結ぶ覚悟をしていたらしい。そのために刀を研師に出しした帰りに寄ったということが記されている。七〇年前後やその後の村上のことはよくわからないが、七〇年十一月の三島事件に深く影響されたことは確かである。七五年の自刃はそれを示しているように思える。

村上は歌人であり、心情の人であるといえるが、戦中は海軍主計大尉であり、武人の心を大事にした人である。彼が体制や権力に立ち向かう反逆者として生きようとしたことは間違いないし、その心情と激しさにおいてとても魅力的な人だった。彼は反逆する主体を探求し彷徨し続けていたが、その帰結は「草莽《そうもう》」という理念であった。これは吉田松陰(注25)の語った「草莽崛起《くっき》」を淵源とする言葉であり、普通は右翼が用いるものである。かつては武人であり、行動者であろうとした村上のこのイメージは三島由紀夫の行動者に似てはいるが、天皇についての評価が違う。そこが村上の特異なところであった。彼にとって草莽とは精神の自立者であり、権力からは極端に離れたところに位置する存在である。だが、この存在はいわゆる常民には融け込めないものでもある。封建主義体制と近代資本主義体制から、また常民的生活体制からも二重の疎外された存在である。これは現実的には体制や常民的生活に属してあらねばならないが、精神とか思想とか仁義（村上では仁は人間の心、義は人間という意味）などに存在するものだ。このインテリゲンチャ（知識人）のような存在が草莽である。これは谷川の原点や吉本の大衆原像に匹敵するものだったといえるだろう。

村上の独自な軍隊論

吉田松陰に「恐れながら天朝も幕府もわが藩もいらぬ、ただわが六尺の微軀あるのみ」という言葉があったが、村上の草莽論はここに拠り所を求めていて、天皇や天皇制とは結びつかないでその存在をイメージしている。村上の草莽論はそこが右翼とは異なるところであったともいえるが、彼がイメージした国家や社会は天下・社稷《しゃしょく》という理念になる。これは右翼の思想家であった権藤成卿(注26)などが提示したものであるが、その系譜にある理念といえる。国家や祭祀に支配されない天下・社稷をイメージしていて、そこが右翼とは違っていた。これはコンミューン(注27)的な共同体のイメージであると言える。村上は翻訳的な民主制とか共和制、あるいは社会主義というイメージに対して、アジア的な伝統にある社稷という概念の再生を構想していたといえるだろう。特異な構想と言ってよかった。

彼は、吉田松陰から起こった草莽の運動は明治の半ばに終焉したという。俗にいう大日本帝国憲法や教育勅語が成った頃であり、草莽が草莽としての活動を喪失していくのはこの時期であるともいう。ここで成立した近代体制に対して左右の抵抗運動が起こるけれども、それらに対して村上はこのように批判する。「大正維新・昭和維新の叫びはひとたび起こったけれど、社稷・天下のために、国に不忠であってよいと信ずるものは稀であった。国に不忠であることをもってイデオロギーとした共産主義者には、イデオロギーを信奉するから当然、仁義に乏しく、社稷・天下の観念はなかった。彼らには志において、草莽のこころをこころとすべき筈のものであったが、翻訳調の近代主義のために、仁や義を馬鹿にし、暴力を道まで高め得ず、彼らの階級戦を真に祖国のものにすることはできなかった」(『草莽論　その精神史的自己検証』大和書房／一九七二年刊)。

村上はナショナリストでも民族派でも右翼でもなかったが、日本やアジアの伝統的な思想から主体的な行動者としての草莽を見いだし社稷を求めた。

彼は、日本の軍が近代において果たした役割を高く評価している。戦後の戦争批判の風潮は近代において軍の演じた役割を軽視するというよりは、その歴史にすら目を向けないということを生み出してきた。「ファシズムを批判するにはファシズムを教えよ」と言ったのは丸山真男であるが、日本の近代で軍の演じた役割を学ばねば真の意味での軍の批判はできない。戦後でも軍の萌芽（連合赤軍事件）のようなものを見聞することでこのことを痛感した。村上には「日本軍隊論序説」というすぐれた論稿がある。これは同名の本（新人物往来社／一九七三年刊）に収められた論文だが、体系的に日本の軍を論じている。その中の第二ノートのところで「日本の軍隊は、日本におけるプロレタリア階級を造出した」とあるが、これは日本の近代社会の分析として見事なものだ。飯塚浩二著『日本の軍隊』（岩波書店／一九九一年刊）とともに戦後の数少ない軍隊論といえる。村上には三島が絶賛した『北一輝論』（三一書房／一九七〇年刊）がある。北一輝については松本清張[注28]から松本健一[注29]まで実に多くの人が書いているが、僕は渡辺京二[注30]の『北一輝』（朝日新聞社／一九七八年刊）と村上の『北一輝論』を評価している。あらためて読み直してその感を強くした。

（注1）**共産主義者同盟**　一九五八年に結成された新左翼党派。ブントあるいは共産同とも呼ばれる。学

生主体の前衛党としては世界初といわれる。主に全日本学生自治会総連合（全学連）を牽引していた学生らが日本共産党から離れて結成し、安保闘争の高揚を支えたが、一九六〇年に解体。一九六六年に再建（第二次ブント）され、一九七〇年に再び解体し、戦旗派、叛旗派、全国委員会派、ML派、赤軍派など多数の党派に分裂した。

（注2）**プチブル急進主義批判**　吉本隆明は自著『擬制の終焉』（一九六二年／現代思潮社刊）で、革命的共産主義者同盟全国委員会（革共全国委・注3参照）の共産主義者同盟（ブント）に対するプチブル（小ブルジョアあるいは小市民）急進主義批判を欺瞞的な態度として次のように批判している。

「革共全国委が共同をブランキズムとし、市民主義の運動をプチブル運動として、頭のなかに馬糞のようにつめこんだマルクス・エンゲルス・レーニンの言葉の切れつぱしを手前味噌にならべたてて、原則的に否定するとき、彼らは資本主義が安定した基盤をもち、労働者階級がたちあがる客観的基盤のない時期—いいかえれば前期段階における政治闘争の必然的な過程を理解していないのだ。プチブル急進主義と民主主義しか運動を主導できない段階が、ある意味では必然的過程として存在することを理解できないとき、その原則マルクス主義は、『マルクス主義』主義に転化し、まさに今日、日共がたどっている動脈硬化症状にまで落ちこまざるをえないのである」

ブランキズムとは、客観的条件を考慮することなく、少数集団による直接行動を経て権力奪取を企図する思想と行動。一揆主義。一八七一年のパリ・コミューンのルイ・オーギュスト・ブランキの思想に連なる。

（注3）**革命的共産主義者同盟全国委員会**　革命的共産主義者同盟全国委員会（革共同全国委）は、反帝国主義・反スターリン主義を掲げ、一九五九年に革命的共産主義者同盟（ブント）から分裂して結成された。その後六三年、黒田寛一派が離脱して日本革命的共産主義者同盟革命的マルクス主義派（革

マル）を結成し、残った全国委員会派（本多延嘉派）が中核派となった。

（注4）**六月行動委員会** 谷川雁らとともに六月行動委員会を組織して六〇年安保闘争に参加。全学連主流派とその指導層であった共産主義者同盟（ブント）と行動を共にし、思想的・行動的な同伴者であった。

（注5）**叛旗派** 共産主義者同盟叛旗派（通称・叛旗派）は、第二次共産主義同盟三多摩地区委員会を母体に一九七〇年六月、共産主義者同盟分派闘争を経て結成された新左翼党派。吉本隆明の思想的影響が大きい政治組織である。一九七七年、解散宣言を発表した。

（注6）**社会主義学生同盟（社学同）** 一九五八年は革命的左翼（新左翼）創成にいたる激動の年であった。東京大学理学部の山口一理（佐伯秀光）が、日本共産党東大学生細胞委員会（東大細胞）の機関誌『マルクス・レーニン主義』に「十月革命と我々の道 国際共産主義運動の歴史的教訓」と題するスターリン全面批判の論文を掲載し、日本共産党内に大きな波紋を投じた。東大細胞は同年四月の総会で山口論文に則った決議を掲げ、「学生運動が従来保持してきた革命的伝統を守り、学生戦線における党組織内部での右翼的偏向を一掃するために、断乎闘う決意を三度強く表明することを期待するものである」とした。この呼びかけに呼応した反戦学生同盟（反戦学同）は、翌五月に第二回全国大会を開催し、「大衆的政治行動の先頭にたってたたかうとともに、それをより意識的に帝国主義ブルジョアジーの打倒、社会主義実現をめざす労働者階級の解放闘争に結合させ、多くの学生を社会主義の意識でとらえていかなければならないと確信するに到った」として、その名称を社会主義学生同盟（社学同）と改称。さらに翌六月には日本共産党中央と学生党員が党本部で衝突（六・一事件）、そして同年十二月十日に共産主義者同盟（ブント）が創立された。社学同はブントの下部組織。

（注7）**谷川雁** 一九二三年熊本県水俣市生まれ。詩人、評論家、教育運動家。評論集『原点が存在する』

（弘文堂／一九五八年刊）、『工作者宣言』（中央公論文庫／一九五九年刊）が六〇年代の新左翼に思想的な影響を与える。六〇年安保闘争を機に共産党を離党し、吉本隆明らと「六月行動委員会」を組織して全共闘主流派の行動を支援。また筑豊（福岡県中間市）の大正炭鉱をめぐる争議で「大正行動隊」を組織して活動した。翌六一年、吉本隆明、村上一郎と思想・文学・運動の雑誌『試行』を創刊したが、八号を最後に脱退した。一九九五年死去。行年七十一歳。

（注8）**村上一郎**　一九二〇年栃木県宇都宮出身。文芸評論家、歌人、小説家。主計大尉として敗戦を迎え、戦後は日本共産党に入党したが、のちに離党。著作『北一輝論』（三一書房／一九七〇年刊）は、三島由紀夫に高く評価された。一九七五年、武蔵野市の自宅で頸動脈を切り自殺。行年五十四歳。

（注9）**梁山泊**　中国山東省に存在した沼沢。この地を舞台にした『水滸伝』での意味が転じ、優秀な人物が集まる場所、あるいは有志の集合場所の例として使われる。

（注10）**石井恭二**　一九二八年東京府生まれ。日本共産党員だったが、アナキズムに接近し、同党と思想的に相容れないアンリ・ルフェーブルや黒田寛一の本を出版して脱党。五七年に現代思潮社を創業し、埴谷雄高、吉本隆明、澁澤龍彦、サド、バタイユ、デリダなどの著作を先駆的に刊行する。二〇一一年死去。行年八十三歳。著書に『正法眼蔵の世界』（河出書房新社／二〇〇一年刊）『花には香り本には毒をサド裁判・埴谷雄高・澁澤龍彦・道元を語る』（現代思潮新社／二〇〇二年刊）などがある。

（注11）**澁澤龍彦**　一九二八年東京都生まれ。小説家、フランス文学者、評論家。『唐草物語』（河出書房新社／一九八一年刊）で泉鏡花文学賞、『高丘親王航海記』（文春文庫／一九九〇年刊）で第三十九回読売文学賞受賞。一九八七年死去。行年五十九歳。

（注12）**「アカシアの雨がやむとき」**　一九六〇年四月、西田佐知子の歌唱で発表された楽曲名。作詞・水木かおる、作曲・藤原秀行。六〇年安保闘争後、闘いに疲れた若者たちが、西田佐知子の乾いた声と

退廃的な詩に共鳴し、歌われたことで広まったとされる。

（注13）**大島渚**　一九三二年岡山県玉野市生まれ。京都大学卒業後、松竹に入社。篠田正浩や吉田喜重とともに松竹ヌーヴェルバーグの旗手と呼ばれた。六〇年安保闘争をテーマにした『日本の夜と霧』が公開からわずか四日後、松竹が大島に無断で打ち切ったことから、翌六一年に同社を退社。代表作に阿部定事件（一九三六年）を題材にした『愛のコリーダ』（一九七六年）、ビートたけしや坂本龍一、デビット・ボウイなどのキャスティングで話題になった『戦場のメリークリスマス』（一九八三年）などがある。二〇一三年死去。行年八十歳。

（注14）**浅沼稲次郎暗殺事件**　一九六〇年十月十二日、東京都千代田区の日比谷公会堂で演説中の浅沼稲次郎日本社会党委員長が、十七歳の右翼少年・山口二矢に暗殺されたテロ事件。

（注15）**岸信介**　一八九六年山口県生まれ。旧姓は佐藤。満州国総務院次長、商工省次官などを経て、一九四二年の第二十一回衆議院議員総選挙で当選。太平洋戦争開戦時の閣僚であったことから、極東国際軍事裁判でA級戦犯被疑者として拘留されたものの、不起訴のまま無罪放免。公職追放は免れなかったが、サンフランシスコ講和条約の発効（一九五二年）とともに解除される。五三年の衆議院議員総選挙で当選。自由民主党初代幹事長、外務大臣などを歴任して、第五十六、五十七代内閣総理大臣を務める。岸は六〇年一月に訪米してアイゼンハワー米大統領と会談、新安保条約の調印と同大統領の訪日で合意。新安保条約の承認をめぐる国会審議は、安保廃棄を訴える社会党の抵抗で紛糾したが、同年五月十九日に強行採決した。国会周辺は連日デモ隊に包囲され、六月十日には大統領訪日の準備のため来日したホワイトハウス報道官の乗った車がデモ隊に包囲され、ヘリコプターで救出する騒ぎとなり、アイゼンハワー米大統領の訪日は中止となった。岸は新安保条約批准書交換の六月二十三日に辞意を表明、岸内閣は七月十五日に総辞職した。一九八七年死去。行年九十歳。岸の長女・洋子は

安倍晋太郎と結婚し、その二男・安倍晋三は岸の孫にあたる。

（注16）**佐藤栄作**　一九〇一年山口県生まれ。岸信介は実兄。運輸省から政界入り。一九六四年十一月から七二年七月まで七年八カ月間、自由民主党総裁・内閣総理大臣の座にあり、日韓基本条約締結、非核三原則、沖縄返還などの政策を推進した。七四年、非核三原則などが評価されノーベル平和賞を受賞したが、死後沖縄への核持ち込みに関する密約の合意文書が佐藤家に保管されていたことが明らかになった。一九七五年死去。行年七十四歳。

（注17）**マルクス**　カール・ハインリヒ・マルクスは、一八一八年にプロイセン王国（現・ドイツ）生まれの哲学者、思想家、経済学者、革命家。フリードリヒ・エンゲルスの協力を得て、包括な世界観および革命思想として科学的社会主義（マルクス主義）を打ち立て、資本主義の高度な発達によって共産主義社会が到来する必然性を説いた。資本主義社会の研究は『資本論』に結実し、その理論に依拠した経済学体系はマルクス経済学と呼ばれ、二十世紀以降の国際政治や思想に大きな影響を与えた。一八八三年に死去。行年六十四歳。

（注18）**川上春雄**　吉本隆明関係の資料蒐集の第一人者。

（注19）**三浦つとむ**　一九一一年東京都生まれ。言語学者、評論家。マルクス主義者で在野の主体的唯物論者。吉本隆明とは雑誌『試行』の同人で、家族ぐるみの付き合いがあった。『認識と言語の理論』（勁草書房／一九六七年刊）『言語学と記号学』（同／一九七七年刊）など三〇冊以上の著作がある。一九八九年死去。行年七十八歳。

（注20）**大正炭鉱**　大正鉱業株式会社（大正炭鉱）は、大正から昭和中期まで福岡県中部の筑豊地方で石炭を採掘・販売。遠賀郡長津村中鶴（現・中間市）の中鶴炭坑を主軸に、筑豊御三家（麻生・貝島・安川）に次ぐ出炭を誇ったものの、エネルギー革命によって業績が悪化。希望退職者を主に企業整備

を行い、複数の労働組合による激しい争議が起き、一九六四年十二月に閉山した。

（注21）**松田政男**　一九三三年台北生まれ。政治運動家、映画評論家。都立高校在学中の一九五〇年に日本共産党に入党。武装闘争を志向した非公然組織「山村工作隊」などで活動し、高校卒業後、職業革命家となるが、五四年に党活動停止処分を受ける。その後、共産党神山派で活動し、トロツキズムからアナキズムに接近。六〇年安保闘争後は未來社の編集者として、チェ・ゲバラやフランツ・ファノンの第三世界革命論を導入しながら直接行動の原理を模索した。六二年に山口健二らと自立学校を企画し、谷川雁、吉本隆明、埴谷雄高、黒田寛一らを講師とした。著書に『テロルの回路』（三一書房／一九六九年刊）『薔薇と無名者　松田政男映画論集』（芳賀書店／一九七〇年刊）などがある。

（注22）**平岡正明**　一九四一年東京都生まれ。評論家、政治運動家。早稲田大学二文露文科に在学中、ブントの一員として六〇年安保闘争に参加。ブントから脱退して六一年に宮原安春（ノンフィクション作家）らと政治結社・犯罪者同盟を結成する。『韃靼人宣言』（現代思潮社／一九六四年刊）で評論家デビュー。同社の石井恭二の世話でテック開発部付き雑誌編集部門に入社。同社の専務であった谷川雁と出会う。『ジャズ宣言』（イザラ書房／一九六九年刊）からジャズ評論を行う。『マリリン・モンローはプロパガンダである』（同／一九七三年刊）『山口百恵は菩薩である』（講談社／一九七九年刊）『三波春夫という永久革命』（作品社／一九九六年刊）など著書多数。二〇〇九年死去。行年六十八歳。

（注23）**森崎和江**　一九二七年植民地時代の朝鮮に生まれる。詩人、作家。十七歳で単身九州に渡り、福岡県立女子専門学校（現・福岡女子大学）を卒業。五八年、筑豊の炭鉱町に転居し、谷川雁、上野英信らとサークル交流誌『サークル村』を創刊。詩集に『ささ笛ひとつ』（思潮社／二〇〇四年刊）『地球の祈り』（深夜叢書社／一九九八年刊）など、『まっくら　女坑夫からの聞き書き』（山本作兵衛・画／理論社／一九六一年刊）『第三の性　はるかなるエロス』（三一書房／一九六五年刊）『奈落の神々

炭坑労働精神史』（大和書房／一九七三年刊）『からゆきさん』（朝日新聞社／一九七六年刊）『慶州は母の呼び声　わが原郷』（新潮社／一九八四年刊）『いのち、響きあう』（藤原書店／一九九八年刊）『愛することは待つことよ　二十一世紀へのメッセージ』（同／一九九九年刊）『草の上の舞踏　日本と朝鮮半島の間に生きて』（同／二〇〇七年刊）『語りべの海』（岩波書店／二〇〇六年刊）など多数の著作がある。

（注24）**大学管理法案反対闘争**　池田勇人首相は六二年五月二十五日の参議院選挙演説で「教育が革命の手段に使われております」として、「今のような大学の管理運営について再検討を加えるべく、荒木文部大臣に指示いたしております」（『大学政策・大学問題』労働旬報社／一九六二年刊）と発言。大学の管理強化法案の国会上程の動きが慌ただしくなった。さらに中教審（中央教育審議会）が同年十月、学長任命についての政府の発言の強化と学長権限の強化、教授会権限の制限などを骨子とした答申を提出し、大学の管理強化法案の国会上程の動きが慌ただしくなった。六〇年安保闘争を牽引したブント（共産主義者同盟）解体の六〇年以降、全学連（全日本学生自治会総連合）は分裂して学生運動の動員力は底をつき、目標をしぼりかねていたが、大学管理法案反対闘争で活気づき、東大銀杏並木で集会が開かれるなど数千人規模の集会やデモが全国の大学で繰り返された。翌六三年一月、池田首相は大学管理法案の国会上程を断念。関係大学当局は文部省に自治能力を証明するかのように、集会やデモの責任者を処分した。このことから闘いの矛先は大学当局へ向かい、処分撤回闘争や大学の自治を問い直す流れが深化。私学では授業料値上げ阻止闘争が頻発し、ベトナム反戦闘争、東大全共闘、日大全共闘へ向かうことになる。

（注25）**吉田松陰**　一八三〇年長州萩城下松本村に生まれる。長州藩士で思想家、教育者。一八五九年、安政の大獄に連座し、江戸に檻送される直前、友人に宛てて書いた書状の中で「今の幕府も諸侯も最

早酔人なれば扶持の術なし。草莽崛起の人を望む外頼なし。されど本藩の恩と天朝の徳とは如何にして忘る、に方なし。草莽崛起の力を以て、近くは本藩を維持し、遠くは天朝の中興を補佐し奉れば、匹夫の諒に負くが如くなれど、神州の大功ある人と云ふべし」と記した。草莽とは、戦国時代中国の儒教者・孟子の言行をまとめた『孟子』で草木の間に潜む隠者を指し、転じて一般大衆のこと。また崛起は一斉に立ち上がることを指し、「在野の人よ、立ち上がれ」の意。吉田は同年十月、伝馬町牢屋敷で斬首刑に処された（行年三十歳）。

（注26）**権藤成卿**　一八六八年福岡県三井郡山川村（現・久留米市）に生まれる。農本主義思想家・制度学者。明治政府の絶対国家主義、官僚制、資本主義を批判し、農村を基盤とした古代中国の社稷型封建制度を理想とした共同体としての社稷国家の実現と農民・人民の自治、さらには東洋固有の原始自治を唱えた。一九三七年死去。行年六十九歳。社稷とは古代中国において、土地とそこから収獲する作物が国家の基礎であると考え、村ごとに土地の神と五穀の神を祀った。古代王朝が発生するようになると、天下を治める君主が国家の祭祀を行うようになり、やがて国家そのものを意味するようになった。

（注27）**コンミューン**　十一世紀から十二世紀の中世ヨーロッパで、王や領主から一定の自治権を認められていた都市をこと。転じて小規模な共同社会を意味する。

（注28）**松本清張**　一九〇九年福岡県企救郡板櫃村（現・北九州市小倉北区）に生まれる。朝日新聞九州支社（現・同西部本社）に勤務していた五二年、「或る『小倉日記』伝」を『三田文学』（九月号）に発表し、翌五十三年に芥川賞を受賞。同年十二月に朝日新聞東京本社に転勤。五六年に同社を退社し、翌五七年に雑誌『旅』に「点と線」を連載。『点と線』（光文社／一九五八年刊）『眼の壁』（同）がベストセラーとなり社会派推理小説ブームが起きる。『読売新聞』夕刊に連載（一九六〇年五月十七日か

ら一九六一年四月二十日）した『砂の器』（光文社カッパ・ノベルズ／一九六一年刊）、月刊誌『世界』（岩波書店）に連載（一九七三年一月号から七月号）した『北一輝論』（講談社文庫／一九七六年刊）など多数の著作がある。一九九二年死去。行年八十二歳。

（注29）**松本健一**　一九四六年群馬県生まれ。評論家、思想史家、作家。近代日本精神史、アジア文化論を専門とする。『北一輝論』（現代評論社／一九七二年刊）、司馬遼太郎賞と毎日出版文化賞を受賞した『評伝北一輝』全五巻（岩波書店／二〇〇四年刊）など多数の著作がある。編集者・著述家の松岡正剛は「松本健一が書いた本は、長らくぼくが信用して近現代史を読むときに座右にしてきたものである。とくに北一輝論については絶対の信頼をおいて読んできた」（「松岡正剛の千夜千冊」）と高く評価している。二〇一四年死去。行年六十八歳。

（注30）**渡辺京二**　一九三〇年京都府出身。評論家、日本近代史家、熊本大学大学院社会文化科学研究所客員教授。『北一輝』（朝日新聞社／一九七八年刊）で毎日出版文化賞、『逝きし世の面影』（葦書房／一九九八年刊）で和辻哲郎文化賞、『黒船前夜～ロシア・アイヌ・日本の三国志』（洋泉社／二〇一〇年刊）で大佛次郎賞を受賞。

第三章　マルクス者

独自のマルクス理解

竹内好は六五年頃、雑誌『展望』(注1)で「一九七〇年は展望があるか」という論文を書いた。展望があるかとは安保闘争のようなことが期待できるかという意味であったが、竹内は否定的だったように記憶している。六二年の大学管理法案反対闘争に続いて、六五年には日韓会談反対闘争(注2)が盛り上がり、学生運動は回復の兆しがあった。だが、誰もまだ七〇年を前後する全共闘運動(注3)を予想してはいなかった。安保闘争の敗北が反権力の運動に与えた打撃は深かったのだ。誰もが大したことは起こるまいと思っていた。その意味では政治的な運動の見通しを描くことの困難な時代だった。

この時期に吉本は『試行』で「言語にとって美とは何か」を連載していたが、他方でマルクスについての論稿を発表していた。『マルクス紀行』や『マルクス伝』であるが、これはマルクス主義の解釈を経たマルクスではない、独自のマルクス像である。吉本の思想的な根底の形成を成すものであったが、吉本の世界認識の方法の確立を意味してもいた。吉本は自分を「マルクス者」と規定し、マルクス主義者と区別し、マルクスをマルクス主義と一緒に心中させてはならないという強い決意を語るようにもなる。ベルリンの壁崩壊[注4]と冷戦構造の解体[注5]はマルクス主義の死を告げたが、早い段階からの予測であった。安保闘争後の新左翼の登場とともにマルクス主義ルネサンスというべき刷新の動きが出てくるが、これは新左翼がロシアマルクス主義の左翼反対派という限界にあったと同じようにしか機能しなかった。

吉本のマルクス理解はその独自性において際立っていたが、それだけ故意に無視もされ反発もされた。これは幻想という概念や言葉に代表されるものであった。吉本のマルクス理解は三浦つとむに多くの影響を受けているが、特に「観念の自己疎外」という概念がその中心だったように思う。また、横光利一[注6]などの新感覚派[注7]が、まだ「意識の前衛」に関心を持っていたころのマルクス論や小林秀雄のマルクス理解の影響を考えることもできる。大正後期から昭和初期までの社会主義の理念やイメージは幅広いものであって、このことはマルクス理解にもいえるのである。ロシアマルクス主義の支配力が強くなる以前は幅のある考えも存在していたのである。マルクス主義の再検討をその受容期からするのなら、ここまでの射程と幅を持ってやるべきなのだろうと思う。

「自己疎外」の概念

吉本のマルクス論はマルクスの自然哲学の析出を根底に据えており、しかも『経済学・哲学草稿』[注8]

などの初期マルクスの論文に重きが置かれているという特徴がある。マルクスの思想をめぐっては『資本論』(注9)などの後期に中心を置くのと、『経済学・哲学草稿』などの初期を評価する見解が対立してきた。ヘーゲルの影響の強かった初期のマルクスと後期のマルクスには思想的断絶があって、一般的には後期のマルクスが完成されたものであり、初期のマルクスは観念論の残滓とされてきた。ルイ・アルチュセール(注10)の『マルクスのために』(平凡社/一九九四年刊)はこうしたマルクス論の代表的なものである。吉本は初期マルクスの段階でマルクスの思想は完成されたと考えている。このことで宗教・法・国家など初期の考察と後期の経済の考察を総合的に把握する道筋をつけたし、唯物論か観念論かという論議に決着もつけた。というのはマルクスの思想の初期と後期の評価の対立には唯物論と観念論の問題が絡んでいたからだ。吉本のマルクス理解の根幹にあるのは一言でいえば「自己疎外」という概念だが、この理解はやさしくはない。

「人間の普遍性は、実践的にはまさに、自然が(1)直接的な生活手段である限りにおいて、また自然が(2)人間の生命活動の素材と対象と道具である範囲において、全自然を彼の非有機的身体とするという普遍性の中に現れる。自然、すなわち、それ自体が人間の肉体でない限りの自然は非有機的身体である。人間が自然によって生きるということは、すなわち、自然が死なないためには、それとの不断の(交流)過程に中にとどまらなければならないところの、人間の身体であるということなのである」(カール・マルクス著『経済学・哲学草稿』)

人間が自然との交流過程にあるとか、人間が自然の一部であるというのは分かりやすい。だが、全自然を彼の非有機的身体にするという自然との相互関係は理解が難しい。多分、この関係を人間と自然との共通基底のようなものとして考えると把握しやすい。日本的な自然思想では自然に抱かれてあるということになるのだが、マルクスの人間と自然の関係はこのようなものではない。吉本はフォイエルバッハ(注11)の考えを人間と自然とを共通基底に置く考えとしながら、マルクスの疎外概念(関係概念)は紙一重の差のようだが違うとする。人間は自然(本来の自分)から自己疎外して、つまりは自己を外在態にして自然と関係するのだし、そのとき自然もまた本来の自然から疎外した人間的な自然となって関係する。全自然を自己の非有機的身体にするとは、全自然の方でも人間化があり、そこで本来の自然とは違う交換関係が生まれる。これは媒介的関係という言葉で語られもするが、自己を疎外態にしての関係、つまりは交換関係である。人間は一方で自然そのものという側面を持つ。これは事実的世界であるが、こうした自己を疎外態にしてしか自然(自己も含めて)と関係できないのである。このことをマルクスは人間の生命活動が動物の生命活動と違うこととして説明している。人間は意識している生命活動を持っている。これは直接的な生命活動そのものである動物の生命活動とは区別されたものだ。彼自身の生命活動が対象になった自由な活動というように語られているが、自分の生命活動そのものが対象になった自由な活動は、自己を疎外態にすることなしにあり得ないのである。マルクスはこれを類としての活動や存在と規定するが、人間が自己を疎外態にする活動が積極的に捉えられているのである。人間は何らかの制約、あるいは矛盾のゆえに自己を疎外態にすることを余儀なくされているのだとしても、これを人間の必然的な活動、あるいは存在様式として吉本は捉えているのである。マルクスの自然哲学理解から導かれた疎外の概念が、吉本のマルクス理解の鍵を成していた。

マルクス自然哲学の特異な死の認識

吉本はマルクスの思想の総合化として、ある意味では定式化されてもいた史的唯物論や唯物史観とは違った方法をとった。それはマルクスの思想の構成を三つの総合として見たことである。人はレーニンの『マルクス主義の三つの源泉と三つの構成部分』(注12)を思い浮かべるかもしれないが、これとはもちろん違っていた。レーニンのこの本はマルクスの思想を簡潔に要約したもので、僕らは学生時代に読まされたし、学習会などのテキストとしても使った記憶がある。

吉本によればマルクスの思想は法や国家という幻想の領域、これの起源にありながら対立する市民社会領域、これらを自然哲学によって結びつけた体系ということになる。このことを彼は『マルクス紀行』の中でマルクスの三つの道として抽出している。上部構造と下部構造、それを唯物論的哲学で総合化しているのがマルクス主義の世界認識の方法で、これと似てはいるが外観上のものに過ぎない。吉本のマルクスの自然哲学への論究は『経済学・哲学草稿』やイェーナ大学の学位論文である「エピクロスの自然哲学とデモクリトスの自然哲学の差異」(『マルクスコレクション1』筑摩書房／二〇〇五年刊に所収)に言及し、いわゆる『ドイツ・イデオロギー』(注13)は避けられているように思える。広松渉など(注14)が『ドイツ・イデオロギー』にこだわったのとは対照的だった。

マルクスの疎外や自己疎外という概念が自然哲学から生まれた概念であり、市民社会の構造を解明する経済学のカテゴリーとして生まれたのではないことを吉本は強調している。疎外や自己疎外は人間と自然の関係の概念であり、言うならば普遍的なものだが、市民社会での疎外は疎遠という意味合いになる。前者は社会の制度の変革と関係なく存続する概念であるが、後者は社会の制度が変われば解消するものである。自然哲学における疎外や自己疎外は人間が全自然を非有機的身体（人間的身体）にし得る人間の特性としてあるものだが、その根底は人間が同時に本来の自己（自然）からも疎外態としてしか、つまるところ自然な形では自然と関係できないというところにある。マルクスの自然哲学は人間を自然の一部、あるいは人間と自然の関係を自然的な連関としているわけだから、この人間的特性をどのように概念づけるか、思想的に位置づけるかが問われる。

吉本は『経済学・哲学草稿』でのこの疎外や自己疎外についての考えがエピクロス[注15]の自然哲学から影響を受けているとしている。特に〈霊魂〉という概念である。人間は感覚的な存在だが、感覚の主な原因は〈霊魂〉であるとするのがエピクロスの考えである。

「第一に〈霊魂〉が微細な物体であるという概念、そして第二にこの物体が身体にくまなく分布され囲まれているという概念は、自然が人間の〈非有機的身体〉となるところに人間の本質があるというマルクスの〈疎外〉の概念を生きたままうつしている。」（吉本隆明『マルクス紀行』）

〈霊魂〉は微細な物体であるとされるエピクロスのアトミズム（原子論）は、マルクスの中でフォイエルバッハの意識の自然性と人間性の考察を現存性（媒介）にして蘇生したのだというのが吉本の理解である。霊魂を精神や意識に置き換えるためにフォイエルバッハの意識の考察などを媒介にしたのである。人間が自己を本来の自己から疎外態にしてしか自然（自己も含めた）と関係できないというところが吉本のマルクス自然哲学理解の核心だが、この自己を疎外態にすることは対象的に、また自由にという生命的活動にほかならないのである。これを観念論は観念としての人間の活動として取り出してはきたが、人間の存在が自然であり、自然的存在であることを位置づけられなかった。ここが唯物論的な批判を受けてきたところであった。そして唯物論は観念論批判と一緒に人間が自己疎外態において産出する世界を疎外（始末）してしまった。本質的な形では析出できなかったのである。

六〇年代にはまだ、唯物論か観念論かという思想的な論争は残っており、どちらも決着がつかないままあり、僕らは大体のところ唯物論の徒であった。観念論はブルジョワジーの哲学といわれてきたこともあるが、観念の哲学はヘーゲル（注16）で完成していて、その批判が時代の流れを形成していたこともあった。それでも唯物論に対する疑問はあった。人間の意識の世界を対象化し得ないこと、それに歪みのあることを感じていたからだ。吉本のマルクスの自然哲学の抽出はこの疑問に対する解答にもなっており、唯物論か観念論かという論争に決着をつけたといえる。人間が自然の一部であり、自然存在であるというのは唯物論が依拠してきたところであり、自己疎外というのは観念論が根拠としてきたところだからである。どちらでもないのであり、どちらでもあるのだ。

マルクスの自然哲学で特異なのは死についての認識である。人間の存在が個体に宿命づけられている限り、個体の死は人間の死である。個体の消滅は人間の消滅である。そうであれば、人間の自己疎外態とされた存在はどうなるのか。個体の消滅で世界が終わるのならば、この自己疎外態は存在することができないのではないのか。人間の対象的活動、意識的活動は自己に対してだけでなく、種属（類）に対して存在する。動物が自己に対する意識や感情を持ちえても種属（類）に至らないのに対して、人間はそこに至る。だから人間の対象的活動は類的な活動なのである。これは人間の自己疎外態としての存在、つまりは生や死に関係するのである。人間が本来の自然から自己疎外態にした活動において在ることは、類として在ることであり、個体の消滅にかかわらずに世界が存続していく根拠にもなる。「死は、個人に対する類の冷酷な勝利のように見え、また統一に矛盾するように見える。しかし、特定の個人とは、たんに一つの限定された類的存在にすぎず、そのようなものとして死ぬべきものである」。マルクスの『経済学・哲学草稿』の中に言葉は人間の自己疎外という活動と関連するものであり、その意味で自然哲学のカテゴリーから不可避的に出てきたものである。作為や想像されたものとしてしか存在しない人間の意識的な死は、死において経験できないものであるのなら、死は存在しないともいえる。こうした死の考察はマルクスの自然哲学のカテゴリーから出てきた死の認識とは違う。吉本はそこでマルクスの死の認識を人間味のない評としないようにと語ってもいた。

時代意識としての危機感

「現存している現実とそこに生きている人間関係とを、じぶんの哲学によって考察しつくそうとする衝動は、青年期のすべての思想的人間をとらえるだろうが、かれほどの徹底性と論理的情熱をもって青年期の願望を成遂したものは、数世紀を通じて現れなかった」（吉本隆明『マルクス紀行』）

青年期の沸騰する自意識は、自己も含めて存在する世界を考察し尽くそうとする衝動をもたらす。これは大なり小なり誰にでも訪れるものであろうが、また中途で終わるほかないものでもある。吉本がマルクスについてここで語っていることは、吉本の願望でもあった。これは「固有時との対話」を含めて吉本の思想的な歩みそのものでもあったが、同時に時代的な意識（衝動）でもあった。この意識は危機感と言い表してもいい。吉本は自己にとってだけではなく時代にも応えようとしたのだった。このころ「存在の革命」という言葉が流行っていた。革命そのものが、人間の存在の根底的な認識の上に成り立つものであることは自明であったが、そこにわざわざ存在という言葉を付け加えるほかないと思っていたのは、それだけ僕らの存在を包括する思想的考察が欠如していることに気がついていたのである。思想的な飢餓状態があったといっても間違いではない。

自然哲学を根底にして人間の存在の総体を思想的に抽出する試みは、「自然」と「死」についての考察によってなされた。それは「人間と自然」、「個と類」から人間の存在を認識することであり、これを根底にして宗教・法・国家という幻想領域と市民社会の領域を把握する方法を手に入れた。幻想領域の考察は一八四〇年代で終わり、後は市民社会の解剖のための経済学にのめり込んだのがマルクスの歩んだ道であったが、それを思想的断絶としてではなく、可能性を含めた総合的イメージのうちに再構成したのが吉本のマルクス像だった。

疎外＝表現がマルクスの自然哲学の核心であるが、この評価を通して吉本はマルクス主義がヘーゲルと一緒に始末してしまった意志論の領域を蘇生させたのである。それは幻想という言葉として現れた。なぜに吉本は観念や意識ということではなく、幻想という言葉を用いたのであろうか。それは観念や意識という言葉に付着している概念、言い換えれば手垢にまみれたところを切り離したかったのだと思う。このことは吉本に対する誤解と反発の原因になっていた。疎外が表象や表現という意味と、疎遠になることという二重の意味を持っていたように、幻想もまた人間的な表出と空想のような二重の意味を持つ。自然から区別された人間的表出＝生命活動という意味の幻想という概念は、多くの人たちには理解されなかったにしても、こちらのほうにこそ吉本の意はあったのである。疎外と幻想を否定面ではなく肯定面で理解することが、吉本に反発する面々にはなかったのである。吉本は人間と自然の関係が相互基底的に現れる世界を事実と規定しながら、疎外関係として現れる世界を幻想域と非幻想域に分けて把握しようとした。事実としての人間の存在は疎外された存在としての人間に対するのであり、吉本はその事実としての存在を極めて重いものとして考察している。人間が自然や個として現れるほかない世界を、吉本はまた透徹したかたちで認識もしているのである。唯物論的な世界理解を吉本はこの面で徹底して受け入れていた。吉本の唯物論的な世界理解と観念論的な世界理解は対立ではなく、深められて存在しており、総合化できる道を拓いたのである。

「ここでとりあげる人物は、きっと千年に一度しかこの世界にあらわられないといった巨匠なのだが、その生涯を再現する難しさは、市井の片隅に生き死にした人物の生涯とべつにかわりはない。市井の片隅に生まれ、そだち，子を生み、生活し、老いて死ぬといった生涯をくりかえした無数の人物は、千年に一度しかこの世にあらわれない人物の価値とまったく同じである」（吉本隆明『マルクス伝』）。人間の存在に対する認識がここにはある。

中断されてきたマルクスの世界を拓く

吉本はマルクスの初期の宗教・法・国家などの考察を幻想領域として蘇生させようした。その蘇生が宗教・法・国家などに対する本質的な理解なしには不可能であり、その本質を欠如させたままで流布されてきたその理念や像を修正したところで、何らの生産的な結果をもたらさないことは自明であった。例えば、レーニンの国家論は強い影響力を持っていた。と同時にその欠陥も多くの人が気づいていた。だから、その修正は試みられた。国家暴力装置論に対してヘゲモニー論やイデオロギー論を加えるなどであったが、国家本質についての理解が欠如している以上はどうにもならないのが現実であった。宗教・法・国家という領域を把握し直す作業は、幻想という概念をもってなされねばならなかったのである．他方で、吉本はマルクスが自然史的な部分と名づけた経済過程については、幻想領域とは独自に把握可能な世界とした。市民社会の中核にあるのが経済過程であり、これは人間と自然の疎外関係が非幻想的領域として現象する世界であり、経済学はそれを模写するものだった。現実の人間というときに、それは経済的概念や政治的概念では収まりきれないものを持つのであり、資質も含めた事実の人間というほかないのであるが、この事実に近い領域として人間の自然史の部分という経済過程があり、それとは相対的に独自な領域として幻想域があるとされたのだ。経済過程や市民社会は非幻想域の世界として事実に近かったにしても、事実の世界ではない。

吉本は幻想域に、ある意味ではマルクスが中断したまま放置されてきた世界を、また、個の領域として考察外に置いてきた世界に歩を進める。意識的にマルクスが遺した世界、未完のままに中断されてきた世界を拓こうとしたのであるが、それは『言語にとって美とはなにか』(勁草書房/一九六五年刊)、『共同幻想論』(河出書房新社/一九六八年刊)、『心的現象論序説』(北洋社/一九七一年刊)の三部作として結晶したと言える。

吉本隆明の「執着」

吉本のマルクス論は、マルクスの世界認識の方法の確認を意味した。「自然と自己疎外」がその中心的概念であり、そこから導き出された幻想や関係は難解だったが、それゆえの反発も強かった。僕はこの時期に、なぜ吉本がマルクスに向かったのかを考えてきた。この頃『試行』は吉本の単独編集になり、家庭的にも結構きついところにあったと推察される。当時、僕は学生運動から離れ裁判を抱え、大学も退学処分になり四面楚歌のような状況にあった。バイトで食いつないでいたが、行くところもなく自然と足は吉本宅に向いていた。吉本は嫌な顔をせずに迎えてくれた。

吉本はあまり家庭のことは語らなかったが時折漏らすことでそれを推察できた。こうした中で吉本は思想としていえば抽象的なものへのこだわりがあり、それがマルクスへの論究と重なっていたように思える。思想が思惟活動の展開であるなら、日本的思惟は経験的なものを重んじるために抽象的展開を抑え妥協させてしまう傾向がある。自意識が沸騰する若い時分はこの抽象的なものへ向かう意欲も力も強いが、それはやがて経験という思想で収束させられてしまうのである。思想にとって経験は重要であり、吉本もそれを強調していたが、日本思想の特徴もよく分かっていたのだと思う。ある意味で思想的な主体の転向でもあるが、吉本はこれに抗っていたのではないのかと思う。

吉本に「この執着はなぜ」という詩がある。吉本は具体的で経験的な生を市井に生きる人として文字通り生き実践した。吉本がこの時期に抱えていた内的な危機は「執着」となって現れたように思う。この抽象的な展開は普遍的なものの展開ということになるのだろうが、これへのこだわりは生涯にわたった。吉本は芥川龍之介(注17)の自殺について「下町的なものへの転向があれば、自殺しなかったのでは」と評しているが、吉本は両方の思想が生き延びていく道を考えていたと思える。

前衛主義批判

吉本のマルクス論は、マルクスが考察や論究を中断したままの領域を思想的に再構成して構造的に取り出した。だから、自分がどの領域をやってきたのか、やればいいのかの思想的な地図を描けたのだと思う。このところが分かれば吉本の展開してきた仕事も明瞭になると思う。『言語にとって美とはなにか』、『共同幻想論』、『心的現象論』は吉本の代表作だが、この背後に思想的な地図があったのだ。

　これらはマルクスが考察を中断したまま遺した幻想領域の仕事ということになる。

『言語にとって美とはなにか』は吉本が続けてきた詩作や文芸評論の仕事の領域の理論的集大成のような位置を持つが、それはまた表現論の展開でもあった。言語の本質的な考察から始まるこの展開で衝撃的だったのは言語の自己表出論の提起だった。僕は六九年に獄中にあってあらためてこれを読み直したが、ボロボロになるまで読み直したのは『共同幻想論』も同じだった。この本では序文のところで世界認識の方法と重なるところが書かれている。ここが重要な意味を持つのもそのためである。その前にマルクス主義と国家をめぐる当時の議論を取り上げておこう。

『共同幻想論』が公刊されるのは六八年であるが、その前に文芸雑誌『文藝』[注18]に六六年から翌年にかけて連載されていた。吉本の国家を共同幻想とみなす論文やそれに基づく論評はその前に存在しており、共同幻想という言葉はそれなりに知られていた。当時の左翼運動や左翼思想の定説のように存在していたのはレーニンの国家論であった。また、レーニンの『何をなすべきか』による前衛的組織論が存在していて、この国家論と前衛論は左翼思想の骨格をなしていた。安保闘争はこのレーニンの前衛論に基づいて存在してきた日本共産党の前衛神話を崩壊させたから、前衛や前衛党をめぐる議論が盛んであった。共産党に代わる別の前衛党をという考えと、革命に不可欠とされる前衛党という思想そのものに疑念があるという考えが、共産党批判をしている面々からも出てくる時代だった。レーニンの思想や理念は正しいが、それを受け入れ実践してきた方に問題があるとする考えと、いやレーニンの思想や理念に問題があるとする考えは、新左翼あるいは独立左翼（大きくは非共産党系左翼）にずっと続いていくことになるが、その論争が本格化していた。

吉本は、レーニンの思想は正しいとする考えを前衛主義として批判していた。共産党あるいは非共産党を問わず、革命の原理として信奉されていた左翼組織論（前衛論）を原理的に批判していたのであり、それが前衛主義批判だった。左翼運動にとってはどのような運動や組織をつくるかは切実なことだったので、安保闘争後はこの論争は白熱したものとしてあった。

国家論が問題となるのもこれと深く関係している。安保闘争は大衆の運動が国家権力に最も接近した運動であり、日本の歴史で初めて登場したものであった。この運動は大衆的な反権力運動としては歴史的に画期的なものであったが、どれだけ急進化してもいわゆる革命的蜂起に至るものとはほど遠いという実感だった。この奇妙な印象は、この段階の闘いが前期的なものであると考えざるを得なくしたが、同時に国家や権力についての検討を促す契機にもなった。レーニンの国家論は国家暴力装置論であり、左翼には武装蜂起でこれを覆すというのが伝統的な革命のイメージがあった。だが、六〇年六月十五日の国会構内占拠などの激しい流血の闘争はあっても、これを国家の暴力的転覆に結びつくようなものとしては実感できなかった。議会を通しての革命（民主主義革命）は考えられなかったが、レーニン国家論に基づく革命論もイメージできなかった。この国家と革命をめぐる状況はその後も続くが、吉本の『共同幻想論』はこうした背景の中で存在したのである。

吉本が提起した二つの重要な視座

安保闘争後に憲法改正をめぐる議論が出てきた。憲法改正は戦後、政府や権力の方から提起され、その都度潰えていったという過程を繰り返してきたが、安保問題の後は憲法問題であるという気運があった。『共同幻想論』の背景としてこれを述べておきたい。自民党が保守合同の結果として成立し、いわゆる五五年体制が出来上がる中で掲げたのは日本国憲法（戦後憲法）の改正であり、自主憲法制定であった。アメリカ占領軍による強制として現憲法は成立し、その制定過程に重大な瑕疵があり、国家主権の侵害の上に成立しているもので、中心的条項は日本の交戦権を禁じた憲法第九条である。これは日本の保守政権が繰り返し主張してきたことであり、現在の安倍政権もその流れの中にある。

日米安保条約の改定を進めた岸信介（安倍晋三の祖父）は、次なる政策として憲法の改定を構想していた。そのための準備として憲法調査会（一九五六年に内閣に設置され、二〇〇七年に廃止）を設置した。この憲法調査会の答申が行われる段階にあり、そのための公聴会が全国で開かれていた。安保条約の改定が成功裡に終わっていたら、岸は公聴会を終えて憲法改正に動きだすはずだった。しかし、安保闘争後に成立した池田内閣は軽武装経済重視という吉田茂の路線に帰り憲法改正には手をつけないと宣言した。池田内閣が憲法改正の動きを封印したことから、憲法調査会の答申は岸の遺産のようなものとして宙に浮いた存在に過ぎなかったが、当時、僕らはこの公聴会の阻止闘争をやっていた。憲法問題への関心は高まっていた。この頃、吉本は僕らと話の中でいくつものことを提起していた。

一つは日本国家の多頭的な構造という視座である。近代の国家は宗教―法―政治国家という歴史的な流れの中にあるものとして理解されている。だが、日本では国家は宗教国家、法的国家、政治的国家、社会的国家（経済的国家）というように多頭的にあるもので、近代西欧の国家の歴史段階をそのまま適応してもうまくつかめないということである。現在の言い方に直せば、重層的に捉えなければ、その構造はつかまえられないということである。これは現在でも日本の国家を考える上で参考になるものだと思う。

もう一つは戦前の右翼といわれた北一輝などの言動に注目を促したことである。北一輝を日本型社会主義者のたどり着いた果てとして見ることを示唆したのである。ナショナリズムの検討などとともに出されたものだ。僕らの視野の圏外にあったといえる北一輝の存在に目を開かされた。左翼の周辺で従来の左翼史観では無視されていた戦前の右翼の言動を歴史的に検討する作業が行われるようになった端緒はここにあった。松本健一や渡辺京二などの仕事にも影響を与えたのだと思う。

意外と難しい方法の問題

国家暴力装置論というレーニンの国家論の影響はまだ強かったけれど、それへの疑念はそれなりに浸透していた。だが、僕らの対象とする国家はどういう構造で、その変革としてどういうイメージが描き得るのか、あやふやなままに留まっていたというのが正直なところであろうか。議会を中心にして国家の動きがあり、その中での民主的革命と国家の改革というイメージがあったが、これについては信を置けなかった。他方で暴力革命を通してプロレタリア独裁国家を実現するというのも空想的に思えた。左翼の歴史の中で提起された国家論ではコンミューン型国家というのは現在まで関心が続いてあるが、それ以外は歴史的にも消えていくものといえる。

『共同幻想論』の背景について一つだけ付け加えれば、マルクスの初期の国家に関する考察（『ユダヤ人問題について』や『ヘーゲル法哲学批判序説』）は結構読まれていた。ただ、この考察を現在に結びつけるには媒介が必要で、それに『共同幻想論』が機能することが期待されていた。『共同幻想論』が読まれる以前に反発されたのは幻想概念を本質に据えたことにある。

だが、それ以上に近代的意識自体が読み込むことを拒んでいた要素があるといえる。ここが非常に重要なところであるように思える。『共同幻想論』は序文で方法の問題が書かれているが、そこにこういう一節がある。

「ここで共同幻想というのは、おおざっぱにいえば個体としての人間の心的な世界と心的な世界以外が作り出した観念世界を意味している。いいかえれば人間が個体としてではなく、なんらかの共同性としてこの世界に関係する観念のあり方をさしている」（『共同幻想論』吉本隆明）

格別に難しいことがいわれているのではない。普通に読めば意味のとれる文章である。しかし、これを正確に理解しようとすると易しくはない。個体としての人間の心的な世界とそれ以外の観念世界というのを正確に読み込むことは難しいのである。これは吉本の幻想の構造を共同幻想・対幻想・自己幻想に層として分けるという考え方にもいえることである。さらには共同幻想と自己幻想の逆立論の理解にも関わる。僕らは自己の存在の内部にある意識を自己意識という。これには共同意識も対の意識も、自己（個体）の意識もすべて含まれている。ここでいう意識は幻想という言葉と同じである。自己の生理的身体とともに生まれるもう一つの意識的身体（精神の身体）は自己意識としてある。自己の生理的身体が消滅すれば意識的身体も消滅し、それで世界は終わるのならば、すべては自己意識の内にあるといえる。だが、この自己意識は自己の内で生成したものであるにしても、自己身体（個体）に対する意識として生成されたものではない。これは自己身体の外にあって存在している意識（幻想）、類や歴史としてあるものを自己の意識として取り込んだものであり、自己の意識として生成したものである。これは父親や母親に刷り込まれたものでも、時代や社会によってもたらされたものとも考えてもいいのだが、個体としての身体の成熟や経験から生成していくものではない。人間が作り出した意識（観念）は自己意識になって自己存在になるのだけれど、その生成は個体意識の成熟というようなものではない。近代意識としての自己意識はほぼ個体意識と同じように考えられており、個体としての人間の心的な世界がつくり出した以外の観念世界というのは理解が難しいのである。

マルクス主義側からの反発

『共同幻想論』が国家論かどうかについて当時も議論があったが、国家の本質を扱ったという意味では国家論といってよかった。しかし、これは国家という言葉で対象となった領域を扱っていたという意味であり、マルクス主義や近代政治学的な意味での国家論という枠組みにこだわらないということでは国家論を否定していたともいえる。国家の本質は共同幻想ではあるが、共同幻想と国家はイコールではないという考えに立っていたからである。国家以前の、そしてまた国家死滅以降の共同幻想も射程に入れて共同幻想を考えていたといえる。国家は共同幻想の歴史的形態（共同幻想の態様、あるいは共同幻想の構成形態）として考えられたわけだから、国家発生以前も、死滅以降もそれはあるのであり、その態様や構成形態が対象となる。近代国家への過程とされる宗教―法―政治国家という展開は共同幻想の態様として考えられる。国家の重層的形態も態様や構成とは矛盾しない。

吉本が全幻想領域や個体としての人間の心的世界以外がつくり出した観念世界という言葉を提示するのも、その存在様式を歴史的に把握しようとしたことであり、マルクスが初期に考察した宗教や法や国家の領域を継承することも意味する。ここで問題となるのは幻想域と非幻想域の関係である。非幻想域とはマルクスが自然史的過程と名付けた経済過程である。あるいはこれを中核とした市民社会のことである。国家と市民社会の関係、あるいは上部構造と下部構造の関係といわれてきたものである。吉本が打ち出したのは幻想領域は独自構造であるとする考えである。彼は本質的な考察をするときは非幻想領域を退けて把握することが可能としたのである。

マルクスの思想的な展開はそれを意識したとしたのだが、マルクス主義の側から反発を受けた理由でもあった。マルクス主義は還元論的であるが、上部構造と下部構造の関係を強く主張する。宗教や法や国家について本格的な考察もせずに、経済過程の考察から政治過程を考察するマルクス主義の側の反発は強かった。この大きな理由は階級関係（経済的社会関係）に基本的関係を置く社会思想が大きな力を持ったからである。歴史的にいえばマルクスはその中期に『フランスの内乱』（岩波文庫・木下半治訳／一九五二年刊）などで、例のプロレタリア独裁論やコンミューン型国家論を提起し、レーニンはそれを受け継いだが、経済過程から全てを説明する方法は強かった。フーコーは、階級関係が（窮乏化も含めて）十九世紀から緊急の思想的課題だったと述べていた。もちろんそれが先進地域では終わりつつあるとも語っていたが、階級関係に基本を置く思想が緊急性を失うことで経済過程絶対主義や還元主義が力を失い、独自領域論が浮上してくるが、吉本の独自領域論は別のところから出てきていた。

躓きの石としての天皇制

吉本に幻想領域を独自領域であるとする考えが出てきたのは、戦前から戦中の国家体験（天皇制体験）が強くあったためだと思える。明治維新以降、近代過程を歩んだとされる日本でアジア的専制とでもいうべき天皇制国家が強く機能し、現象したのはなぜかという問題意識が彼にはあった。あるいは日本的自然思想とでもいうべき宗教、それを本質とした国家に翻弄された経験があると言い換えてもいい。日本の近代化の過程で、なぜ天皇あるいは天皇制が強力に作用したのかは、幻想域と非幻想域を対応して考える思想の枠組みでは抽出が不可能とする意識が彼にはあった。天皇や天皇制の問題は近代日本の思想の難所であり、躓きの石だった。

天皇や天皇制を前近代的残滓や封建的遺構と考える理論や思想があり、それと近代的なものとの組み合わせを二重構造論で説明するものはあった。これを跛行的状態や構造的ズレで説明するものはあるが、なぜに天皇や天皇制が支配的力を持って戦争を牽引したのかという問いに答えるものではなかった。天皇や天皇制の宗教的威力（幻想力）によって、死の命令に同意するところまでのめり込んだ体験に答えうる思想はなかった。経済的・物的領域に還元する思想では不可能であるという思想体験として、戦争期の体験が吉本にあった。戦中に自分が内在的に体験した幻想的（心的）体験が幻想領域を独自の領域として析出することを促した。天皇や天皇制に抵抗したとされる思想（マルクス主義や近代思想）の転向の問題も意識されていた。吉本にはマルクス主義の戦時下での転向を論じた「転向論」（『芸術的抵抗と挫折』）未來社／一九五九年刊）に所収）があるが、転向の問題は近代思想にも向けられていた。近代思想とはリベラリズムやモダニズムであり、一九二〇年代から三〇年代にはマルクス主義とともに天皇や天皇制に対する抵抗勢力として現れ、やがては転向し、傍観者の地位に追いやられた存在である。

天皇や天皇制の暴力的力によって転向を余儀なくされる一方、それに抵抗した部分が、獄中にあって節を守ったというのが獄中神話である。これらも含めた戦前―戦中の天皇や天皇制に対する抵抗の挫折と転向という問題を国家的な暴力の問題にではなく、彼らの思想が天皇や天皇制を支えたもの（宗教的威力、つまりは幻想力）に届かなかったというところに見いだしたのが吉本の転向論だった。抵抗するには相手の存在を内在的につかみえなければ不可能であり、抵抗者たちの孤立や傍観という問題はそれを象徴したのである。吉本が幻想領域の独自性を主張した背後には戦中体験が色濃くあった。

また、吉本には心的（精神的）世界を対象とする場合と自然や物的存在を対象とする場合の違いについての認識がある。詩的なものと科学的なものの違い、精神的内在史と物的外在史の違いといってもいい。彼が文学者であるとともに科学者でもあったことが、独自領域という考えを導く糸にもなっていた。

六〇年安保闘争における沖縄の「欠落」

吉本が「南島論」(注19)をもって沖縄問題に関わろうとした背後には、七〇年安保闘争に向かう左翼―反体制運動の世界認識の方法的な混乱と言うべき事態への対応があった。以前に述べたように吉本は、安保闘争後の思想的な混迷の中で反権力―反体制の思想を創出しようとしていたし、『共同幻想論』

はその一つであった。南島論は『共同幻想論』の思想的な試金石のような位置をもったのである。吉本は一九七〇年代のある時期から南島論にはあまり触れなくなったし、その考察は途絶えているようにすら見える。僕はこの中断したかに見える南島論を未知の思想として考えていきたいと思っている。

沖縄問題が僕らの周辺で意識されるようになったのは六八年を前後する頃からであるが、それはベトナム戦争に引き続くものであり、認識の手立て（方法）を欠いていたのである。六〇年安保闘争において当時の学生たちは沖縄をほとんど意識していなかった。僕は六八年に活動拠点を三多摩に移し、『叛旗』(注20)という雑誌を出し始めるが、この二号で川田洋が沖縄問題の論文を出して、僕らにそれを最初に提起した。当時の政治党派は共産党や社会党の本土復帰論が主流で、新左翼では中核派が奪還論を掲げていたが、他の部分は反発して独立論の支持などを語ってもいた。が、明瞭な理念や方向を示せないままであった。沖縄解放という曖昧な言葉で終始したのが実情であった。これはベトナム戦争でのベトナム民衆の闘いを〈民族解放―社会主義〉として曖昧に位置づけていたのと同じであった。ベトナム民衆の闘いを民族の解放（自決）を目指す民族主義の闘争として評価する一方で、世界同時革命に連関する社会主義の闘争として評価していた。これは歴史的段階として民族解放闘争が出てくる地域性の問題として見る一方で、先進地域主体の世界革命の段階に連関するものと見ていたことを意味する。地域性と歴史性とを整合して認識しているように見えたにしても、世界の動向を認識する方法としては矛盾を抱えたものであった。アメリカとベトナムのいわば中間のような位置にある日本からの見方であって、その双方がよく見えるとともに疎外された空隙を持つものだった。近代以降の日本が世界同時的な現在性に達するとともに、歴史段階的にも、地域的にも特殊性を抱えている中で自己の現在をどう認識するかということに関係することでもあった。

近代西欧の思想制度を普遍性とし、そこに遅れてある地域的、歴史的な要素を特殊性として認識していく方法は僕らが身につけさせられた思考方法であっても、近代西欧の思想制度の普遍性に疑念が生まれ、それが相対化されるなら、その世界認識の方法も揺らぐ。ある意味ではベトナム戦争のもたらした思想的衝動とはこうしたものであり、沖縄問題は同じ衝動を与えたのである。

沖縄から語られるヤマトゥ

一般に歴史的な先進地域と後進地域、あるいはヨーロッパとアジアなどとして認識されていた思想方法に疑念が生じたことにどう対応するかを迫られたときに、僕らは手立てを持っていなかった。

吉本が「南島論」をもって沖縄問題に対応しようとした時に提起したのが、〈時―空性の指向変容〉だった。これは彼の世界を認識する方法であって、近代西欧の思想制度を普遍性として、他の地域のそれを特殊性とし、歴史の発展段階に当てはめていく世界認識の方法を否定するものだった。これに対して歴史的段階を地域的段階に、地域的段階を歴史的段階に相互転換しえるということであり、この方法をもって世界を認識しようとしたのだ。地域性や特殊性に執着してナショナリズムやウルトラナショナリズムに陥るか、逆に世界性にこだわってコスモポリタニズム(注21)になるかの自己認識の方法を超えようとするものだった。世界を幻想の構造で認識する方法である。

沖縄は折口信夫(注22)や柳田國男(注23)などが探索したことでも知られ、民俗学や人類学の宝庫のように語られてきた。つまり、日本の古い遺習が残っている地域であり、他方で琉球処分(注24)という国家的な処置がとられた地域でもあった。太平洋戦争では本土の捨て石のように戦闘を強いられ、戦後はアメリカの軍政や支配のもとに置かれてきた。この地域住民の闘いに触発されながら、僕らはそれへの関わりを促された。吉本は民俗学や人類学、また、政治運動などの方法とは違った接近をした。沖縄に地域性として日本の古い遺習が残っていることは、歴史的な時間が残っていることであり、それを掘る(自覚的に取り出す、あるいは対象化する)ことで天皇制によって生成された国家的意識を相対化し、超える契機をもつとした。沖縄から語られるヤマトゥとは、本土を支配した天皇制国家のことである。「文化概念としての天皇」が支配力をもった歴史のことである。この歴史は時間とともに日本の本土の地域に支配力を延してきたが、日本列島を住民の共同幻想としては時間的にも空間的にも部分的に過ぎないのである。これを無化し、超える道が沖縄の地域住民が遺している共同意識を掘り、それを基盤に自立することにほかならないということだった。沖縄の地域住民の自立だけなく、日本列島の他の地域住民の自立を促すものであり、日本における共同幻想の構成の転換をもたらすものであった。

現在の国家を未来に向かって超える道は、過去に向かって超えていくことと同じでもあるという方法がここには存在したのである。吉本の「南島論」は沖縄の地域住民の自立を目指す闘いに歴史的な根拠を与えようとしたものだが、七二年の沖縄の本土復帰以降は、その構想をアイヌなどの北方の問題に広げながら継続してきたのであろうが、直接的な考察としては中断をしてきたように思われる。八〇年代後半に吉本は沖縄を訪れ講演をしている。そこでその後の「南島論」を語っているが、地元の人々の反応も含めて後に触れる。

我が列島に存在してきた共同幻想の歴史的な構造を析出し、その一部に過ぎない天皇制的な共同幻想が支配力を持つ現状を無化する試みは未知の思想として今も残されているといえる。このころ『共同幻想論』は別の形でも読まれて衝撃を与えていたが、その中に中上健次(注25)も存在していた。

(注1)**『展望』** 筑摩書房刊の総合雑誌。一九四六年創刊。創刊時の編集長は文芸評論家、小説家の臼井吉見。五一年に休刊したが、六四年から第二期を刊行、七八年に廃刊。

(注2)**日韓会談反対闘争** 日韓会談とは、一九五一年十月の予備会談から六五年まで日韓基本条約締結までの七次にわたる日韓正常化交渉のこと。一九四五年の日本の敗戦後、韓国政府は日本が韓国に二一億ドルと文化財などの返還を行うことを内容とする対日賠償要求を連合国軍最高司令官総司令部に提出した。五一年九月のサンフランシスコ講和条約調印後、サンフランシスコ講和会議への参加が許されなかった大韓民国の初代大統領・李承晩（イ・スンマン）は、日本との直接対話を希望し、アメリカの仲介で日韓国交正常化交渉に向けて予備会談を開いたが、日韓それぞれの立場を主張するだけで妥結の可能性を見いだせなかった。

六一年五月、朴正煕（パク・チョンヒ）陸軍少尉ら軍人によるクーデターで、日韓会談は急展開を見せる。同年十一月に国家再建最高会議議長の肩書で来日した朴正煕は池田勇人首相と会談。請求権の性格を日本側の主張に沿って明らかにした上で、韓国の経済再建五カ年計画に応じた経済協力を好条件で供与するという内容で基本合意した。六三年、韓国は国内政治の混乱があったが、朴正煕が第五代大統領に就任。翌六四年六月三日、韓国ソウル市内で学生約一万二〇〇〇人が日韓会談反対闘争を主導し、市民の一部も参加したデモ隊が警察のバリケードを次々と突破して中央庁に突入した（六・三事態）。

日本資本の導入に活路を求める朴正煕軍事政権は六・三事態を戒厳令で乗りきり、翌六五年に入ると日韓会談の妥結を急いだ。同年六月二十二日、東京で日韓基本条約調印が強行されると、日韓両国で激しい反対運動が起こったが、韓国国会は同年八月十四日に与党単独で同条約を批准した。

（注3）**全共闘運動**　全共闘は、全学共闘会議の略称。バリケードストライキを含む実力闘争を行った学生運動が、学部や党派（セクト）を超えて組織した大学内の連合体。機動隊との衝突では投石や角材（ゲバ棒）が使われた。

一九六八年は、先進各国で学生による反乱が相次いだ。フランスではパリ大学の学生による「五月革命」で、学生街のカルチェ・ラタンが学生らで埋め尽くされた。アメリカでは、後に映画『いちご白書』のモデルとなったニューヨークのコロンビア大学でベトナム戦争に反対する学生が大学を占拠。日本でも東京大学医学部学生インターン制度の改革要求を発端に、学生らが安田行動を占拠し、東大闘争全学共闘会議（山本義隆議長）を結成。さらに日本大学で約二〇億円に上る使途不明金や理工学部教授が裏口入学で得た五〇〇〇万円の脱税が発覚し、日大全共闘（秋田明大議長）が結成された。こうした学生らの反乱に危機感を募らせた政府は、大学の管理強化をする大学管理法案を提出。法案に反対する学生が全国でストライキに突入。翌六九年に主要な国公立大学や私立大学の八割に当たる一六五校が全共闘による闘争状態にあるか全学バリケード封鎖をした。同年九月には全国全共闘連合が結成され、東京大学の山本が議長、日本大学の秋田が副議長を務めた。

（注4）**ベルリンの壁崩壊**　東西冷戦と民族分断の象徴だったドイツのベルリンの壁が、市民によって打ち壊された歴史的事件。第二次世界大戦後、敗戦国のドイツは戦勝国であるソ連、アメリカ、イギリス、フランスによる分割統治となり、首都ベルリンも戦勝四カ国の管理地区に分割された。やがてソ連とアメリカが対立し、共産主義・社会主義陣営の東ドイツ（ドイツ民主共和国）と資本主義・自由主義陣営の西ドイツ（ドイツ連邦共和国）が成立。アメリカ、イギリス、フランスが統治した西ベルリンは、東ドイツ国内にありながら西ドイツに属する陸の孤島状態となった。東西冷戦の時代になると東ベルリンから西ベルリンへの亡命者が絶えず、危機感を抱いたソ連と東ドイツは一九六一年八月十三日、西ベルリンと東ドイツが接する一五五キロの国境線を封鎖し、西ベルリンを取り囲むコンクリートの壁を築いた。ドイツ政府は国内での民主化運動の高まりを受け、二十八年後の八九年十一月九日、それまで認めていなかった自国民の出国の自由を発表したのをきっかけに、翌十日未明から市民によって壁が取り壊され、翌九〇年には東西ドイツが統一。東欧革命を象徴する事件となった。

（注5）**冷戦構造の解体**　ベルリンの壁崩壊から一カ月後の一九八九年十二月三日、ジョージ・H・W・ブッシュ米大統領とソビエト連邦最高指導者ミハイル・ゴルバチョフがマルタ共和国のマルタ島で会談。第二次世界大戦後の世界を二分したアメリカを盟主とする資本主義・自由主義陣営と、ソ連を盟主とする共産主義・社会主義陣営の冷戦（冷たい戦争）の終結を宣言した。

（注6）**横光利一**　一八九八年福島県北会津郡生まれ。小説家、俳人、評論家。菊池寛に師事し、一九二三年に菊池が創刊した同人雑誌『文藝春秋』二号から、菊池の推挙で川端康成とともに編集同

人となった。同誌に「蠅」を、『新小説』（春陽堂書店）に「日輪」を発表して文壇に登場。「蠅」は田舎の風景を鮮やかに切りとった短編。「日輪」は邪馬台国の卑弥呼を主人公にした官能的な古代幻想譚で、菊池は「映画劇」としては日本で類例がないと高く評価した。翌二四年、川端康成とともに文芸雑誌『文藝時代』（金星堂）を創刊。プロレタリア文学全盛期にあって、同誌は新感覚派（注7参照）の拠点となった。新感覚派は『文藝時代』創刊の前年九月に関東大震災が発生したことから「震後文学」ともいわれた。横光は三六年二月、新聞社の特派員としてベルリンオリンピック取材ため渡欧。パリを拠点にヨーロッパ各地を旅行し、シベリア経由で同年八月に帰国。この体験をもとに長編小説『旅愁』を、翌三七年四月から戦後の四六年四月まで『東京日日新聞』『大阪毎日新聞』や雑誌に発表したが、横光の病死（一九四七年・行年四十九歳）によって未完の小説となった。

（注7）**新感覚派**　『文藝時代』を母胎として登場した横光利一、川端康成、稲垣足穂ら新進作家のグループ、文学思潮、文学形式のこと。同時期に創刊したプロレタリア文学の同人誌『文藝戦線』（文藝戦線社）とともに、大正後期から昭和初期にかけての文学の二大潮流となった。

（注8）**『経済学・哲学草稿』**　カール・マルクスは一八四三年に妻とともにフランスへ移住。フリードリヒ・エンゲルスの論文「国民経済学批判大綱」に感銘を受け、経済学や社会主義、フランス革命の研究に没頭した。この時のノートや草稿をソ連のマルクス・エンゲルス・レーニン研究所が一九三二年に編纂・出版したのが『経済学・哲学草稿』（ドイツ語版）。マルクスは「疎外された労働」を再生産する社会関係を分析し、『経済学批判要綱』や『資本論』（注9）に継承した。マルクス研究で書くことのできない文献。邦訳に岩波文庫（一九八二年刊）などがある。

（注9）**『資本論』**　カール・マルクスの著作で全三部から成る。サブタイトルは経済学批判。第一部は一八六七年にマルクスによって発行されたが、第二部（一八八五年刊）と第三部（一八九四年刊）は

マルクスの死後、フリードリヒ・エンゲルスがマルクス遺稿をもとに編集・刊行した。ドイツ古典哲学の集大成とされるゲオルク・ヴィルヘルム・フリードリヒ・エンゲルの弁証法を批判的に継承したうえで、従来の経済学の批判的再構成を通じて、資本主義的生産様式、過剰価値の生成過程、資本の運動諸法則を明らかにした。二〇一三年に資本論初版第一部がユネスコ記憶遺産に登録された。

（注10）**ルイ・アルチュセール**　一九一八年フランス領アルジェリア生まれ。哲学者。フランス共産党を内部から批判する『マルクスのために』（平凡社／一九九四年刊）『資本論を読む』（合同出版／一九七四年刊）を著し、マルクス研究に科学認識論的な視点を導入した。また高等師範学校の教員として、ミシェル・フーコー、ジャック・デリダなど多くの哲学者を育てた。一九九〇年死去。行年七十二歳。

（注11）**フォイエルバッハ**　ルートヴィヒ・アンドレアス・フォイエルバッハは、一八〇四年ドイツのランツフートに生まれた宗教哲学者。ベルリン大学でヘーゲル（注16参照）哲学を学び、ヘーゲル批判を徹底して自然を基礎とする宗教的人間学を唱え、カール・マルクスやフリードリヒ・エンゲルスに大きな影響を与えた。一八七二年死去。行年六十八歳。

（注12）**『マルクス主義の三つの源泉と三つの構成部分』**　ウラジミール・イリイチ・レーニンはロシアの革命家、政治家。一八七〇年、ヴォルガ河畔のシンビルスク（現・ウリヤノフスク）に生まれる。一九一三年に「マルクス主義の三つの源泉と三つの構成部分」を書き、マルクス主義の三つの源泉をドイツ哲学、イギリス経済学、フランス社会主義とし、マルクス主義の三つの構成部分を弁証法的唯物論、経済学、社会主義思想とした。一九二四年死去。行年五十三歳。

（注13）**『ドイツ・イデオロギー』**　カール・マルクスとフリードリヒ・エンゲルスが、一八四五年から一八四六年にかけて執筆した。ヘーゲル（注16参照）左派の批判を通して唯物論的な歴史観の基礎を

明らかにしようとしたが、草稿と原稿の集積に終わり、両者の死後に刊行された。邦訳に廣松渉編訳（河出書房新社／一九七四年刊）、服部文男監訳（新日本出版社／一九九六年刊）、渋谷正編・訳（同／一九九六年刊）、廣松渉編訳・小林昌人補訳（岩波文庫／二〇〇二年刊）がある。

（注14）**広松渉**　一九三三年山口県厚狭郡山陽町（現・山陽小野田市）生まれ。哲学者、東京大学名誉教授。四六年、中学一年生で青共（青年共産同盟、現・民主青年同盟）に加盟。四九年伝習館高校入学。二十歳以上の党員資格の例外として日本共産党に入党。五六年に離党し、共産主義者同盟（ブント）が結成すると理論面で支援。独自に編訳した『新編輯版　ドイツ・イデオロギー　第1巻第1篇』河出書房新社／一九七四年刊）などを発表し、現在も高く高く評価されている。一九九四年死去。行年六十歳。

（注15）**エピクロス**　アテナイ（ギリシャ共和国の首都アテネの古名）の植民地サモス島で紀元前三四一年に生まれた。快楽主義などで知られる古代ギリシャのヘレニズム期の哲学者で、エピクロス派の始祖。その自然哲学は、それ以上分割できない粒子である原子と空虚から世界が成り立つとする原子論者デモクリトスに負っている。紀元前二七〇年に七十二歳で世を去ったとされる。

（注16）**ヘーゲル**　ゲオルク・ヴィルヘルム・フリードリヒ・ヘーゲルは、ドイツの哲学者。一七七〇年、ヴュルテンベルク公国のシュトゥットガルト（現・ドイツ南西部バーデン＝ヴュルテンベルク州の州都）に生まれた。ドイツ観念論哲学を代表する思想家。一八三一年に伝染病のコレラに罹患して死去。行年六十一歳。ヘーゲルの死後、ドイツの哲学教授のポストは一時期、ヘーゲル学派（ヘーゲルの弟子）で占められた。一八三〇年代から四〇年代にヘーゲル左派が隆興したが、その思想はカール・マルクスらによって批判的に受け継がれ、勢いが衰えていった。

（注17）**芥川龍之介**　一八九二年東京市京橋区入船町（現・中央区明石町）に生まれる。小説家。「芋粥」

「藪の中」「地獄変」など短編の作品が多い。一九二七年、斎藤茂吉からもらった致死量の睡眠薬を飲んで自殺したとされる。行年三十五歳。

（注18）**『文藝』** 一九三三年改造社より創刊された文芸雑誌。四四年から河出書房が引き継ぎ、五七年に一時休刊、六二年に復刊し、現在に至る。

（注19）**南島論** 「南島」とは琉球と奄美のこと。『文藝』誌（注18参照）に連載され未完に終わった。吉本隆明の生前、「南島論」のタイトルで書物がまとめられたことはない。二〇一六年に「南島論」と同論をめぐる覚書を収録した『全南島論』（作品社）が刊行された。

（注20）**『叛旗』** 一九七〇年六月に結成された「共産主義者同盟（ブント）三多摩地区委員会」の機関誌。叛旗派は「首都圏を中心とした大衆的学生運動の蓄積の上に、マル戦派の逃亡後68年春より再建された三多摩地区委の実践と理論を中軸に自然的に形成されたグループが、68年10月〜69年秋期決戦過程でのブント内論争を経て意識的に再編され、結成された」とする（『叛旗』五三号 一九七三年七月五日・二十日合併号）

（注21）**コスモポリタニズム** 民族や国家を超越して、世界を一つの共同体とし、すべての人間が平等な立場でこれに所属するとする思想。世界市民主義、世界主義。これに賛同する人々をコスモポリン（地球市民）と呼ぶ。古代ギリシャのディオゲネスが「あなたはどこの国（ポリス）の人か」と問われ、「世界市民（コスモポリテーヌ）」と答えたことに始まるとされる。ストア哲学は禁欲とともに人間の理性に沿ったコスモポリタニズムを説き、近代ではカントが穏健なコスモポリタニズム思想を打ち出した。ロシア革命を起こしたポルシェヴィキは、同革命を世界革命の発端と位置づけたが、西欧諸国で革命は起きず、スターリンが実権を握ったソ連は一国社会主義に傾いた。

（注22）**折口信夫** 一八八七年大阪府西成郡木津村（原・大阪市浪速区）に生まれる。民俗学者、国

文学者で詩人・歌人。柳田國男（注23参照）の高弟として民俗学の基礎を築き、その研究は「折口学」と総称される。柳田から沖縄の話を聞き、三度（一九二一年、二三年、三五年）沖縄を訪れる。一九五三年死去。行年六十六歳。

（注23）**柳田國男**　一八七五年飾磨県神東郡田原村（現・兵庫県神崎郡福崎町）に生まれる。民俗学者、官僚。一九〇九年に東北を旅行し、遠野地方の民話蒐集家で小説家の佐々木喜善を訪ね、佐々木によって語られた遠野地方に伝わる伝承を筆記・編纂。翌十年、日本民族学の先駆けといわれる『遠野物語』を自費出版で刊行。『後狩詞記』（一九〇九年刊）『石神問答』（一九一〇年刊）と並ぶ初期作品の一作となる。三〇年、日本各地でカタツムリはどのように言うのか方言を調査した『蝸牛考』（刀江書院）を刊行。八〇年に岩波文庫に収録された。柳田は日本民俗学の祖と高く評価される一方、漂泊民、非稲作民、被差別民、同性愛を含む性愛などに言及するむことを意図的に避けているとする批判もある。それらは同時期の民俗学者である宮本常一によって先駆的研究がなされた。一九六二年死去。行年八十七歳。

（注24）**琉球処分**　明治政府による琉球藩設置から分島問題の終結までを指す。明治維新に伴い、明治政府は一八七二（明治5）年、「琉球国」を廃して「琉球藩」とし、廃藩置県に向けて清国との冊封関係・通交を絶ち、明治の年号使用、藩王（国王）自ら上京することなどを再三迫った。しかし、琉球国が従わなかったことから、処分官・松田道之が七九年三月、随員・警官・兵ら約六〇〇人を従えて琉球国を訪れ、武力的威圧のもとで、三月二十七日に首里城で廃藩置県を布達。首里城明け渡しを命じ、事実上琉球王国は滅び、沖縄県となった。華族に叙せられた藩王（国王）尚泰は東京在住を命じられた。しかし琉球士族の一部はこれに抗して清国に救援を求め、清国も日本政府の一方的な処分に抗議。外交交渉の過程で、清国への先島分島問題が提案され、調印の段階までできたが、最終段階で清国が調印

を拒否して分島問題はなされず、琉球に対する日本の領有権が確定した。

（注25）**中上健次**　一九四六年和歌山県新宮市生まれ。県立新宮高等学校を卒業後上京し、東京の文芸同人誌『文藝首都』に入会。小説・詩・エッセイを発表する。七六年、新宮の「路地」を舞台に独自の世界を築き上げた『岬』で芥川賞を受賞。その後も重厚な作品を発表し続ける。八九年、「熊野学」の拠点とすべく自主講座「熊野大学」を開講。毎月講座を開催したが、九二年に四十六歳の若さで他界した。

第四章　中上健次へ

空白の履歴書

僕が中上健次と思想的な交流をしたのは彼の晩年であった。年代的に言えば一九八〇年代の後半からである。この時期のことはもう少し後の方で書くことになるが、七〇年前後の彼のことに触れてみたい。この辺りのところは彼から聞いた話や、その当時に彼と付き合っていた連中の書き残したもので推察するよりほかない。ただ、すでに言及してきた吉本隆明の『共同幻想論』については、中上が八二年刊の角川文庫版に解説（「性としての国家」）を書いているので参照することができる。

中上が新宮から上京したのは六五年である。ジャズ喫茶などに入り浸るなど、当時の大学生や予備校生たちとよく似た生活だった。ただ、日大生であるとして親から仕送りを受けていたことは特異だった。他方で作家に向けての修業を続け、文芸同人誌『文藝首都』[注1]に属して活動していた。二十歳の時に、同誌（三五巻所収／一九六六年刊）に投稿第一作「俺十八歳」が掲載された。また、七〇年に向かって盛り上がり始めた学生運動にも加わっていた。早稲田大学のブント（第二次共産主義者同盟）

系の連中と行動を共にし、六七年十月の第一次羽田闘争(注2)や王子野戦病院闘争(注3)などに参加していた、といわれている。これらのことは伝説のように伝えられ、彼自身もインタビューなどで語っている。

この時期が彼の思想形成に何をもたらしたのか明瞭ではない。その後の彼の文学的、思想的な展開にとって重要な時期であったことは想像できるが、明瞭に指摘したものはない。彼の周辺にいたと目される渡部直己(注4)が「六八年問題」と関連させて論じているものを読んでもその辺の事情は変わらない（例えば、渡部直己と丹生谷貴志の『文藝別冊　総特集／中上健次没後10年』河出書房新社／二〇〇二年刊での対談「中上健次の一九六八年問題」）。これは中上を六八年の文学的代表者として取り上げようとすることが先立ち過ぎているといってもよい。六八年は六〇年代後半に向かう闘争が頂点を形成したときだが、彼らの言うような「世界革命」なんて関係はないし、特別な「六八年問題」などはない。そんなものはフランスの思想家の言説の受け売りに過ぎないのである。

言うまでもなく、中上にとっても六八年の運動が思想形成にとって大きな意味を持ったことはありえる。このときに彼が何であったとか、何をしていたとかはさして重要ではない。また、彼が六八年から受けた影響はその日付を超えてあったろうし、後になって自覚しえたことも当然含まれると思う。しかし、「六八年問題」なんていうようなことではない。僕がこの時期の中上について注目するところがあれば、彼自身が「ジャズとクスリの五年間は空白の履歴書」（佐藤正弥編集『データバンクにっぽん人　53人がみずから語る「身上調書」のすべて』現代書林／一九八二年刊）と語っていることであり、この中に六八年も含まれてある。

心的自由を生きる

「昭和四十年に新宮高校を卒業して、まず、新宮を飛び出して自由になりたかった。（注：私が）抑えつけられていた中上の家に反抗的だったんだ。親には、学校に行くといって上京したが、大学には行く気はなかった。新幹線で上京して、高田馬場の友人のアパートに転がり込んで、第一日目には新宿に出たんだ。そして〝ＤＩＧ〟というモダンジャズの店に行って、それからもうジャズとクスリの五年間がはじまっちゃった。この五年間は履歴書に書きようがないんだ。毎日どうして食ってたかもわかんないんだ。クスリでぶっ倒れて救急車で運ばれたりしてね」（前同）

これは彼が一九六五年に新宮から上京して、五年ほど新宿で放浪していた時期を振り返って語っていることだが、履歴としては書ききれない心的なドラマを演じていたと思う。それは心的には激しい格闘を展開していたと推察される。やはり、五年の間こうした生活を送っていたというのが驚異であり、彼の資質も含めて興味深いところだ。家や田舎に有形無形の抑圧を感じていて、とりあえず都市での生活、言うなら一人暮らしに憧れるのは、農村や地方に住む若者に訪れることであった。大学に行くのはそのための一つの道だった。大学に行く人は現在よりも限られていたにしてもである。この履歴が特異なのは、彼が大学にも行かず、いきなり放浪的な生活に飛び込んでしまったことである。

大学には入ったけれど、学校には行かずにモダンジャズ喫茶などに入り浸っていた者はすくなからず存在したにしても、最初からというのはそう多くはなかったと思う。このことは心的にはとてもきついことでもあったと想像できる。普通は五年もやれることではない。時代や彼の資質や家との関係など、さまざまな要因が関係したのであろうが、これを可能にしたことこそが六〇年代という時代性だったともいえる。

どんな形であれ所属することの持つ抑圧性から自由になろうとすることが、青春期の心的な特質である。家や社会に抑圧を感じて、そこから自由になろうとする衝動は自我とともにやってくる。これは青春期の行動を心的に支える基盤でもある。しかしそれを生きることは楽なことではない。かつて吉本は学生たちに、精神の闇屋という特権を行使して生きよ、というメッセージを発したことがあるが、これは心的な自由を社会の与えた特権として生きよということであった。

中上が、履歴に書きようのない時期と語っているのは心的な自由を生きたということであり、言うなら精神の闇屋としてあったということである。これは無意識の衝動や力に支えられてのことだったのだと推察しうる。彼が放浪と名づけるような生活から離れようとしても、なかなか離れられずにあったのは、自由という衝動や欲望に支えられていたからである、と想像しうる。これはある意味で時代が強いたことであって、当時、学生運動の周辺にたむろしていた連中にもいえることだった。この表出意識は自由の感覚、その現存感覚として現れてくるし、現存する秩序やその意識に敵対し、激しい否定の意識として出てくる。だが、自由な感覚とともに強い孤立感や孤独感を伴うものとして現れる。なぜなら、自由は現在では疎外として現れるほかないし、自由な欲望を生きることには疎外と孤立がついてまわるからだ。これは矛盾といえば矛盾であるが、そこで初めて、思想が知識としてではなく、存在的なものとして現れもする。中上は、この履歴に書きようのない放浪の時期にこそ、彼の文学的なもの、その表出的なものを形成しえたのであると推察できる。

文学的感受性の鋭さ

作家は処女作が注目されるし、処女作に向かって深まっていくといわれるが、中上にとっての処女作とはどの作品なのであろうか。彼の第一作と目されるのは「俺十八歳」である。これは集英社版の『中上健次全集』第一巻（一九九五年刊）の冒頭に収録されている。だが、これを中上の処女作とはいわないし、それから何作目か後の「一番はじめの出来事」（『文藝』河出書房新社／一九六九年八月号所収）がデビュー作として語られ、処女作のように扱われている。こうしたことはどうでもいいのだが、彼が新宿を舞台に放浪のような生活を続けながら作家としての修練を積んでいた中での注目すべき作品という意味では、「一番はじめの出来事」が目につくといえる。もう一つ「十九歳の地図」（前同／一九七三年六月号所収）があるが、初期作品群の中ではこの二つが代表的なものといえる。この二つの作品は分裂的であるが、中上のその後の作品の二つの方向を示しているように思う。中上を希有な作家としたのは、地方から都市に出てきて作家を目指した多くが自分の感性的な基盤に背を向け、そこに還れなくなるのに、中上はそうでなかったことにある。その意味ではこの「一番はじめの出来事」の方向線上にある作品が彼の主要な作品であるが、「十九歳の地図」で書こうとしていたことは彼の目指していた方向でもあり、苦悩していたことでもあった。あれは『奇蹟』（一九八九年／朝日新聞社刊）を書いている頃だから八七年頃だが、自分は同じものしか書けないと呟いていたのを聞いたことがある。中上が目指し苦悩していたことにはこちらの世界もあった。

この初期作品が書かれた時期は彼が「履歴書に書きようのない時期」といった五年間と重なるが、作家を目指した多くの若者たちに比すれば、その早熟度と徹底性という意味では群を抜いた存在であったことは確かである。だいたいのところ大学の周辺でも同人雑誌などによって作家を目指す風潮はまだ残っていた。大正時代以降の知識人のこうした伝統は残っていたのである。学生運動や左翼運動の伝統も同じものであったといっていい。政治活動も文学的活動も同じだが、この時期には誰かの模倣をするとともに、そこから脱することを目指しもする。

このころの中上は文学的には大江健三郎(注5)の作品を模倣したといわれるが、「俺十八歳」や「日本語について」（『文藝首都』一九六八年九月号所収）などの初期作品を見ればそれはあきらかである。「日本語について」はアメリカ軍の脱走兵を扱った作品だが、自意識の処理が大江の模倣というほかないところがある。大江の後期の作品はともあれ、初期の作品は優れているし、中上が模倣の対象として大江を選んだのは当然のことであり、彼の文学的な感受性が鋭かったことを意味している。戦後作家には模倣の対象になる存在が少な過ぎたのであり、それが現実であったというべきであろう。

肉体的な表出意識

作家を目指すなら、誰でも模倣対象を持つのは必然である。誰しもがある時期に多かれ少なかれ文学青年や文学少女であり、愛読書を持ち、傾倒する作家を持つのと同じである。太宰治(注6)はそうした対象としてよく知られているが、言葉は向こうからやってくるほかないところがある。時代や場所や資質といったものが大きな役割を演じるのであろうが、中上にとってその対象が大江であったことは時代的な必然であった。何故なら、その初期作品が戦後文学を代表するものであったことは確かだからである。しかし、中上がそこからの脱出を目指したことも必然であった。それは中上の文学的な表出感覚や意識が違い過ぎていたからだ。中上のそれは大江と違って優れて肉体的であり、それを発見していけば、そこから脱するのはまた必然でもあったのだ、文学的なものの受容が知の受容であれば、中上にとって大江に傾倒するのはいわば自然過程であって、そこからの脱却として自己の感性的基盤を自覚化し、文学的表出感覚を磨くことは意識的な過程であり、それが彼の文学的な格闘だった。

中上は暴力的であり、肉体的な存在感の旺盛な作家であると目されており、そのように語られてきた。伝説化した武勇伝も語り継がれてきた。他方で中上は繊細な心と優しさを持ち、どちらかと言えば弱気なところもあった。多分、これはどちらも真実であるだろうが、僕がここでいう彼の文学的表出意識の肉体性は少し違うものだ。日本の作家でその系譜を見出すのは難しいが、僕は肉体の尊厳の表現を目指した田村泰次郎(注7)を何となく思い浮かべる。彼は戦後に『肉体の門』(風雪社/一九四七年刊)などで流行作家になるが、若い頃は意識の前衛派としてあり、新宿を放浪して作家を目指していた。この辺りは中上とある意味では似ている。彼はプロレタリア文学全盛期に「意識の流れ」にこだわり、新感覚派のグループにあったが、文学的な表出感覚を肉体的なものに求めた。これは戦中下では困難になり、中国大陸で六年間にわたる兵士としての行動の中で磨かれた。戦後に彼は肉体的なものの尊厳を旗印に『肉体の門』や『肉体の悪魔』(日本書林/一九四八年刊)を書く。彼は戦争の中でのヒューマニズム的な、言うなら傍観者的な抵抗ではなく、人が野獣に変身する姿を描こうとした。戦争の本当の姿を書こうとした。戦後の初期に中国大陸を舞台にした作品を除けばこの試みは挫折したと言うほかないが、彼が標榜した肉体的なものは中上の見いだした表出意識と似ていると思える。

言うまでもなく、田村が目指した肉体的なものとは生理的なものではない。生理的なものとしての肉体的なものではない。知や知識ではなく、肉体、あるいは身体としての精神であり、心的な存在である。人間の精神や心的なものがもっぱら知や知識、あるいは知的意識としてあることを否定し、肉体的にあるもの、身体的にあるものを人間的な存在として考えたのである。もし、肉体的なものが生理的なものだけを意味するなら、エロスが風俗としてのみ取り出されるのと同じことになる。そういう表象や表現をとっても精神としてのエロスを別のものに考えている面はあるのだ。

中上が文学的な主題を見いだしたという意味では紀州の「路地」があったにしても、それには肉体的なものの発見があったのだ。そして、多分、それに影響を与えたものとして、中上も参加していた六八年を頂点するラジカルな運動があった。六〇年代のラジカルな運動は、掲げる政治的な理念の革命性や急進性に根源的なものがあったのではない。言うなら、理念の急進性に革命性があったのではなく、それは政治的な表出意識においてであり、これは中上の文学的な表出意識に影響を与えたものだった。

『岬』まで

中上が『岬』（『文學界』文藝春秋／一九七五年十月号掲載、文藝春秋／一九七六年刊）で戦後生まれとして初の芥川賞を受賞するのは七六年のことである。彼が新宮から上京して既に十年以上の時間が経ってはいるが、その前半の五年間は彼のいう「履歴書の書きようのない時期」であり、その後の五年間は文学的な飛躍が準備される時期だったといえるだろう。中上はフーテンとも予備校生とも、ニセ学生的ともいえる放浪的な生活の中でも文学的な修業を続けていた。前半は『文藝首都』の同人としての活動が主な舞台であったのだろうが、後半は若い作家として期待もされるようになっていた。七三年に「十九歳の地図」が、七五年には「鳩どもの家」（『すばる』集英社／一九七四年十七号所収）、「浄徳寺ツアー」（『文藝展望』筑摩書房／一九七五年春季号掲載）が連続して芥川賞候補作品になったことがそれを示しているといえる。

彼は七〇年の七月に結婚し、金を稼ぐために貨物の積み下ろし業務などに勤しんでいた。放浪的な生活は彼の不可避な、いわば宿命的な過程であったのかもしれないが、そう長く続けられるものでもなかった。これは僕の想像ではあるが、彼は新宮から上京後の生活を脱して、心身が落ち着く生活をどんなに憧れたであろうかと思う。これを可能にしたのがこの時期の生活だったのではないだろうか。彼は意志的な選択として放浪的な生活を選んだというよりは、資質も含めた契機がそう導いたのだとはいえ、同じ生活は続けられる条件はもうなかったのではないか。家族との関係もあったのだろうが、生活問題や女性問題が彼にも訪れていて、その対処が迫られていたのである。誰にも現れることだったに違いない。学生運動やその周辺の運動家が生活や女性問題で悩み、ある種の転換を迫られることと似ていた。彼が文学を目指していても事情は同じであり、その意味では結婚し、家計のために稼ぐということは大きいことだったのだ。そんな生活にはおさまらないのが中上の存在であったにせよ、こういう時期も必要だったのである。

「収入は、肉体労働だから、同じ年頃のサラリーマンの一・五倍はあった。女房、子供は養えた。時間もあったから書くこともできた。だけど、書いても書いても没なんだ。『十九歳の地図』まで二、三年かかったかな」（前出『データバンクにっぽん人　53人がみずから語る「身上調書」のすべて』）

彼はこの間、勤務の時間の合間に喫茶店などで多くの作品を書いていたようだ。子供もできて、彼は死んだ兄の年齢を超えて生きていくという秘かな思いを達成できたことに内心の安堵を得ていたのかもしれない。が、女房が家を出ていく形になって、また放浪のような生活を繰り返すことになるが、この時期の生活はやはり重要であったように思う。彼の文壇デビュー作といわれる「一番はじめの出来事」が雑誌『文藝』に発表されるのは一九六九年であり、新進の作家としての期待もあったろうから、書いても没というのはきつかったには違いない。でも、『岬』以降の展開には必要な時期であったといえる。

ゲバ棒世代の不幸

中上は学生運動の周辺にあって、早稲田大学のブンド系の活動家たちと、羽田闘争（学生たちがヘルメットを被り、角材を持って警官と対峙した最初の闘争）や王子野戦病院闘争などに参加していたことは既に述べた。この時に彼が何を考えていたかは「灰色のコカコーラ」（『早稲田文学』早稲田文学会／一九七二年一〇号所収）、『十九歳の地図』、あるいは「黄金比の朝」（『文學界』文藝春秋／一九七四年二八巻八号所収）でもうかがえるが、彼は全共闘運動よりは反戦闘争と呼ばれていた政治闘争の方に多くの関心を持っていた。全共闘運動は学生の運動に過ぎず、革命に直結するのは政治闘争だと思っていたと後年に語っていた。角材やヘルメットで武装した政治闘争も、大学をバリケード占拠した全共闘運動も、六八年を頂点に後退期に入る。この時期に彼が同伴していた早稲田大学の学生グループは、第二次ブンドから赤軍派の登場をめぐる問題に巻き込まれ、分裂状態になっていた。このことは彼が直接的な運動や行動から身を引いたことにも関わったのであろうが、それでも赤軍派や東アジア武装戦線などの行動には関心を持っていたのだと思う。そして、この時代に行動し関わったことを反復して考えていたのであり、それは文学的な転生に関与していた。

彼は六八年に「角材の世代の不幸」という短いエッセイを書いている。『新潮』（一九六八年十一月号掲載）に書かれたものだが、この中で少年期の文学を書くという決意を語っているのが印象深い。

「僕はいまでもその動機のひとつ、羽田なり、王子なりで暴徒のひとりとして手渡された角材を持った時の、僕自身の喪失感ともいうべき感情を考えているくらいである。何が僕たち暴徒をささえていたのか？　と考えるのである。ゲバ棒とよばれる角材を持ち、ヘルメットをかぶり手ぬぐいで覆面をしていわば匿名のままゲバルト（実力）闘争に加わった僕が抱いた喪失感はなんであったか？と考えているのである」（前出『新潮』「角材の世代の不幸」）

ゲバルト闘争といわれたものに参加するものの内的（精神的）動きを喪失感として析出しているのは鋭い。この闘争には革命とか暴力闘争とかの急進的な理念や言葉が与えられていた。しかし、行動に加わる者の意識はこれを信じていたわけではない。行動する個々の内在的意識は高度化する表出感覚であり、自由の感覚であるといってもいい。この内在的意識と急進的な理念や言葉は乖離していて、矛盾として鋭く意識されていたのである。中上のように「喪失感」といっても矛盾はしない。なぜなら、この表出感覚は社会的な言葉と対応せずにあり、それは孤独といっても、空虚といっても、喪失感といってもいいものであったのだ。

政治にせよ、文学にせよ、表現（行動）には表出意識と表現の意識（理念や言葉）が不可欠であるが、その乖離や矛盾は誰しもが意識せざるを得ないものとして表現者や行動者には映っていたのである。中上がいう喪失感とは理念的な世界の喪失感である。この喪失感（空虚感）を理念（社会言葉）の過激化（急進化）か、言葉の肉体化かの方法で埋めようとしたのが当時の流行りだったが、それはこの喪失感を解消するものではなかった。

中上がゲバルト闘争に加わった時に主体の意識としての喪失感を自覚しえていたことは大事なところであって、それは彼のいう少年期の文学を書くという決意に連なった。少年期の世界とは感性的なものの存在基盤のある世界である。それが可能になるまでの準備時期として、七〇年代の前半はあったのだと思える。

農村の解体と高度経済成長

七〇年代の前半は、中上にとって、本当の少年期を書こうと決意し、それに向かって格闘をしていた時期であった。彼は同年代の政治行動に登場した学生たちと共通の恥部というべきものを持っている、と語っている。それを「裏切られた少年期」と呼んでいた。それは、敗戦後に経済再建とともにもたらされた平和と民主主義という戦後思想が自分たちに浸透していたことである。青年期の入り口でその偽善に気がつき、その破産を意識せざるを得なくなり、実力によるそれの粉砕をやっているのだという。青年期は少年期の世界を脱して成年期に向かう過渡期である。沸騰する自意識に根拠を与え、社会の成員になる通過儀礼のような時期だが、日本では独特の位置を持ってきたといえる。青年期は、農村的な、あるいは地方的な世界から都市的な世界へ、あるいは西欧的世界へ向かう時期であり、その思想の獲得を目指すものだった。明治以降の日本の近代への衝動、世界の尖端への衝動でもあった。知的活動や存在はそれを媒介するものにほかならなかった。人はとにかく逃れたい、自由になりたいと思って、故郷から都市に出てくるのであり、それは無意識の衝動に近いのだが、それに思想的な言葉を与えようとするのだ。政治行動も文学的活動もその一つである。

その端緒において出会ったのが、「角材の世代の不幸」という事態だったのであり、そこを超えるために彼は逃れようとしてきた少年期に向かおうとしたが、これは戦後世界の超出に向かうことと重なっていた。僕と中上とは数年の差があり、その故郷にも幾分かの違いがある。だが、地続きというべき似たところもある。僕は三重県の四日市の端の方の農村地帯で少年期を送った。五〇年代が物心のつく時期だったが、農村の解体過程を内側から見ていた時期でもあった。伝統的な習俗や農本的世界は、あっという間に掘り崩されていった。例えば、戦後も濃厚に残っていた村落の祭りや慣習は、封建的な風習として教師たちの介入で骨抜きになることがあった。隣村との神社を挟んでの子供同士の喧嘩は、教師たちの見張りで段々と細っていき、いつの間にかすたれていった。盆踊りや祭りからもその原初のエネルギーは消えていったのである。子供たちは学校が終われば会所に集まり、夕方まで山の神をおくる祭りのための準備を長い時間をかけてやっていた。これは子供遊びでもあったが、僕が小学生の高学年になるころには形だけしか残らなくなった。村落の行事の担い手である青年が村落外の仕事に出ることで離散し、青年団などが解体したことが根底としてあった。

六〇年代になって、四日市は高度経済成長の走りともいうべき公害の街になった。幼年期の終戦間際にアメリカ軍の空襲や艦砲射撃で赤く空を焦がしていた街は、石油の火炎にとって代わられていた。大学生になった頃、不夜城のような光景を目にしてさまざまのことを思った。東京で左翼運動の中にある自分と、この故郷の風景をどのようにイメージの中で結びつけたらいいのか、問いかけは答えのないままにあるほかなかった。自分の感性的基盤の解体や変貌に対応することを考えても、どうしていいか分からなかったということもある。とても困難なことだったのだ。その意味で中上の達成したものは奇跡というべきことのように思う。

中上の文学者としての直観

人が少年期から青年期において演ずるのは、自己の世界（存在）を変身させることである。これは自己を疎外させることであり、自分以外の自分を見いだすことである。沸騰する自意識（自我）が必然的に強いることでもある。人は自分以外の自分によってしか、自分とも他人とも関係できないのだから、それをずっとやっているのであれば、その意識が強くなる、あるいは意識的になるということである。それは、社会の一員になること、あるいは社会性を身につけることにほかならない。この内的な衝動は自己が生成してきた内在的な世界からの疎外としてあり、そこからの逃亡としてある。そして、逃亡した世界から、人はその感性的な世界にはなかなか還れないのである。登った山からは降りられないのだ。中上が少年期の世界を書くと決意したところで、それが困難な所業であり、七〇年代の初めはその苦闘の時期だったのだと思う。彼自身は、書いても書いても没が続いたと述懐しているが、この時期に書かれた作品は『岬』以降の作品に遜色ないと思う。中上は作家のありようでいえば、戦後作家の中では少ない私小説の作風にあるといえるのかもしれないが、感性的な基盤への降り方の深さでは図抜けた存在だし、身辺の世界にはまり込んではいない。これはある意味では、感性的な世界への距離がとれていたことも意味する。

七〇年代前半は、中上にとって二十代後半であるが、七〇年の初めには三島由紀夫の自刃事件が、七二年には連合赤軍事件が起き、当時の青年たちに深い衝撃を与えた。中上だって例外ではなかったはずである。その影響は七〇年代前半の作品にもうかがえるが、吉本隆明の『共同幻想論』の解説として書かれた「性としての国家」にその一端は見える。この中で中上は、『共同幻想論』と三島の割腹事件が七〇年代を画期的なものとみなし、この当時の社会的事件や政治的事件はこの中に包摂されると書いている。

「政治的事象や社会的事象に発言したくはないが七〇年代に起こったすべての事象、全共闘運動から連合赤軍事件まで割腹とこの書物が創出する地平を超えるものはなく、ただ新たなことがあるというなら、それは風俗の新奇さのみであると認識している」(前出「性としての国家」)

連合赤軍事件は、中上の遺作ともいわれる『異族』(注8)の中にその影をみることもできるが、ここで注目しておいていいのは三島由紀夫の事件を高く評価している点である。これは中上の天皇論とも深く関係するのであり、後に彼の三島由紀夫評価とともに触れるつもりである。連合赤軍事件はその事実の過程という点では解明されてきてはいるが、本質的な点は謎に包まれたままであり、多くの関係者の手記などもそれを解いてはいない。過日、その一構成員であった人が七五年頃に書いたとされる『「共同幻想論」による連合赤軍事件の考察』を目にすることができた。多分、僕が目にした限りでは最も本質に迫った考察であり、驚きでもあった。彼は連合赤軍事件を共同幻想論の視点や方法で解いているのだが、これはある意味で中上が言った、割腹と書物の創出する地平を超えてはいないということを確認させるようにも思われる。中上が文学者としての直観において見ていたことは、それなりに納得させられることでもある。

中上と三島の差異

『枯木灘』(注9)は中上の作品の中で最高の傑作と評する人が多い。僕にはそういう評はどうでもいいことだが、中上の文学的達成を意味するものであったことは確かに思える。極めて複雑な血縁関係、路地という世界、そして兄の死を繰り返し反復するように書いてきたのが中上の小説である。その集大成であるとともに、飛躍も見られるのがこの作品であるからだ。『枯木灘』は『岬』に続き、さらにこの後に『地の果て　至上の時』(書き下ろし、新潮社／一九八三年刊)がある。紀州を舞台にした三部作といわれる。人によって評価は違うだろうが、僕は『枯木灘』が一番いいと思う。中上の作品の全体の中では、『千年の愉楽』（河出書房新社／一九八二年刊）や『水の女』（作品社／一九七九年刊）も好きだが、この作品もまたそれらに劣らず好きなことは間違いない。中上は少年期の世界を書くという決意のうえに、その記憶、その身体化されてある世界を反復するように書いてきた。それは青年期や成年期の世界を書くためでもあった。『枯木灘』はそれを実現しているし、主人公の竹原秋幸はその世界のために造形された存在である。

秋幸は義兄の竹原文昭とともに竹原家の家業である土木請負業を担っている。現場監督をやっているが母親は将来独立することを願っている。彼は何よりもつるはしで土を掘り起こし、土をいじるという行為が好きである。対象に自分が没入でき、自意識が解消されるような状態が好きなのだ。絶えず、自意識につきまとわれることから解放され、対象に自分を委ねられるように思えること、そこでの心的な安定状態が好ましいのだ。中上が家計のための仕事の中で感じていたものの投影がここにはあるのかもしれない。彼は多くの作品を書き、それらの大半は日の目も見ない中で（書いても書いても没になる状態の中で）、心的には不安と葛藤の中にあった。過剰な自意識につきまとわれ、その不安と疲労感からの解放を仕事の中で感じていて、それが秋幸の像に反映されていたのかもしれない。また、繊細な神経と過剰な意識と持てあます肉体力の中で揺れ動く中上の心的な矛盾の表現であったともいえる。

大なり小なり、誰でも青年期は過剰な自意識に悩まされるものだし、その沸騰とともに処理に悩むものだ。心的な激しい動きの中で明るくて健康な意識を幻想することがある。自意識が肉体の動きに解消され、その中で精神の安定的な状態というべき健康で明るい状態を幻想するのである。一方で破局という激しい心的な動きを欲求として持ちながら、この明るく健康な状態を欲求することが矛盾のようにある。その心性は青年期の特徴といえるがそういう資質の強かったのも中上だった。精神が自然と乖離しない時代の状態、いわゆる日本的な自然とかいう幻想として出てくるものだ。過剰な自意識に翻弄される青年期の世界を表現したのは太宰治だが、これを批判した三島由紀夫が対置したのもこういう世界だった。『太陽と鉄』(注10)である。秋幸は三島のこの世界を想起させるが、三島の人工性と違って、秋幸には自然性が感じられる分だけ魅かれるところがある。この差異は興味深いのだが、僕はそこに過剰な自意識から解放されて心的な安定の感じられる太宰の中期の作品、たとえば『富獄百景』(初出は随筆雑誌『文体』一九三九年二月号、三月号。『富嶽百景　走れメロス他八篇』岩波文庫／一九五七年刊)などを思い浮かべる。

真実を書くのは恐ろしいことである

『岬』と『枯木灘』の世界にそれまでの中上の作品とは幾分か異なるところがあるのは、竹原秋幸の登場とともに、実の父親の浜村龍造とその子供たち、彼の異母兄弟の出現である。以前の作品では主に母親と義父の世界、それと死んだ兄のことが繰り返し書かれてきた。その中で、実の父親や彼の異母兄弟は登場しても、副次的であって、本格的には書かれてこなかった。『岬』ではラストでその異母妹であるさと子との近親姦が書かれるが、『枯木灘』ではさらに異母弟である秀雄の殺害が登場する。実の父親である浜村龍造との葛藤が現れるのである。これまでの母親との関係を中心に描いてきた世界に父親の世界が加わることで、彼の作品としては奥行きが広がったのである。これにはモデルがあるとしても中上の想像力で創出されたものだ。

中上はこの作品で何を描き、何を達成したのか。彼は自分が経験してきた心的な真実を書こうとしたのだろうか。過剰な自意識が彼を必然のように導いた書くことへの答えだったのだろうか。中上は死ぬまで作家となった自己への問答をし続けていたし、書くことの根拠を問い続けていたから、本当のところは分からないという以外にない。この作品から僕らが受け取るのは、心的な真実が表現されているということであり、それまで誰もなしえていなかったものである。そのところで僕らは中上に魅せられるのだから、そう言えばいいのかもしれない。真実を書くことはとても恐ろしいことであり、根源的な恐怖感と闘うことなしにはありえない。自由が本当は恐ろしく、闘いなしにはあり得ないのと同じであり、中上がそれをやったのは間違いない。こう言えるのかもしれない。家族や地域という世界（その関係的な世界）を取り出すこと、その真実を表現することには抑制（禁制）が働いているが、それを超えるのは恐怖を伴うのだ。

極めて複雑な血縁関係や路地という世界、兄の死は中上の経験的な世界を媒介にしていることは確かであるが、事実の世界ではない。これは関係が事実とイコールではなく、関係を事実に還元しえないということでもある。中上は自分の経てきた関係的な世界の真実を描こうとしたことは間違いない。

その幻想的な関係、心的な関係を描いたのである。それは日本の社会の実態でありながら、沈黙の世界として過程してきた幻想的な世界を表現したのだ。

中上の経験的な世界を媒介し、それが限定されたものであっても、その関係を通して普遍的な世界を描き得たのだ。それは幻想的な関係、関係の中の幻想の日本的な存在を描いたのだといえるが、これは中上によって初めて達成されたものである。濃密な親子、あるいは兄弟関係、愛と憎しみとが表裏にある世界、この真実の関係を表現したのである。これが中上の作品が現在でも色褪せず、輝きを失わない理由である。

真実の世界が表現されることは、政治的な表現では不可能である。それが言い過ぎなら部分的である。このことは確かであり、政治的解放が人間の解放にとっては部分的であるのと同じだ。それならば、文学は人間の解放にとってより根源的でありえるか。現在の若い人たちはこのようには発想しないのかもしれない。こういう発想を共有できた同時代に中上はあった。

（注1）『文藝首都』一九三三年一月、保高徳蔵が新人の育成を目的として創刊した同人誌。椎名麟三、北杜夫、なだいなだ、佐藤愛子、中上健次、津島佑子など優れた作家を輩出した。中上の妻・紀和鏡も同人の一人。刊行は一九七〇年一月まで続いた。

（注2）**第一次羽田闘争**　一〇・八（じっぱち）とも呼ばれる。アメリカのベトナム戦争の後方支援（軍事基地、弾薬庫、野戦病院など）していた佐藤栄作首相は、一九六七年十月八日から東南アジア各国を歴訪することになった。訪問国にベトナム戦争の当事国であるベトナム共和国（南ベトナム）が含まれていたことから、新左翼各派は「佐藤ベトナム訪問阻止闘争」を展開。警備に当たった警視庁機動隊は、羽田空港に至る穴守橋、稲荷橋、弁天橋を封鎖し、新左翼各派は角材（ゲバ棒）を振るって機動隊と衝突した。衝突の際、中核派の京都大学生・山崎博昭が車両に轢かれて死亡した。

（注3）**王子野戦病院闘争**　東京都北区の米陸軍王子キャンプ内への野戦病院設置に反対した闘争。

一九六七年は、米海軍の原子力航空母艦エンタープライズの米軍佐世保基地への入港の阻止行動（エンプラ闘争）、第一次羽田闘争（注2参照）、佐藤首相の米国訪問を阻止するため、新左翼各派が羽田空港近くの大鳥居付近で機動隊と衝突第二次羽田闘争、そして横須賀港に停泊中の米海軍航空母艦イントレピットから米兵が脱走するなど、ベトナム戦争の激化による事件が相次いだ。

翌六八年の早々、北区の区長が区議会で、米軍側から王子キャンプにベトナム傷病兵の野戦病院を開設するとの連絡を受けたと発表。敗戦後に接収された同区十条台の王子キャンプは、五八年に一部を日本に返還。六一年からキャンプ王子と呼ばれ、米陸軍極東地図局を置いたが、六六年に部隊がハワイに移転し閉鎖。区議会が返還要求を決議したものの返還されなかった。米軍側の説明は、同キャンプを改装し、埼玉県入間市のジョンソン基地（現・航空自衛隊入間基地）の米陸軍第七野戦病院の一部が同年三月に開院するという内容であった。地元住民を中心に野戦病院設置に反対する運動が続いたが、同年二月二十日の北区労連主催の集会を契機に四月十五日まで反日共系全学連が九度にわたり激しいデモや基地突入を繰り返して機動隊と衝突。死者一人、延べ六一三人の逮捕者を出した。米陸軍は六八年三月十八日に開院を強行したが、六九年末には閉鎖した。

（注4）**渡部直己**　一九五二年東京都生まれ。文芸評論家、早稲田大学文学学術院教授。著書に『中上健次論　愛しさについて』（河出書房新社／一九九六年刊）『日本小説技術史』（新潮社／二〇一二年刊）『言葉と奇蹟　泉鏡花・谷崎潤一郎・中上健次』（作品社／二〇一三年刊）などがある。

（注5）**大江健三郎**　一九三五年愛媛県喜多郡大瀬村（現・内子町）に生まれる。小説家。東京大学文学部仏文科に在学中の一九五七年、『文學界』に「死者の奢り」を発表し、学生作家としてデビュー。翌五八年、『飼育』で芥川賞を受賞。六七年、万延元年（一八六〇年）に四国の村で起こった一揆と、一〇〇年後の安保闘争とを重ね、閉鎖的状況における革命的反抗を描いた長編『万延元年のフットボール』が反響を呼び、谷崎潤一郎賞を受賞。九三年、『新潮』九月号から全三部の長編『燃えあがる緑の木』を連載（九五年完結）。「詩的な力によって想像的な世界を創りだした。その世界では生命と神話が凝縮されて、現代の人間の窮状を描く摩訶不思議な情景が形作られている」としてノーベル文学賞を受賞した。

（注6）**太宰治**　一九〇九年青森県北津軽郡金木村（現・五所川原市）の大地主の六男として生まれる。小説家。三六年、共産主義運動から脱落して遺書のつもりで書いた第一創作集のタイトルは「晩年」。戦前から戦後にかけて自殺未遂や薬物中毒を克服して、妥協を許さない創作活動を続けた数少ない作家の一人である。

　四七年、没落する上流階級の人々を描いた長編小説「斜陽」を『新潮』の七月号から一月号まで四回にわたって連載。同年新潮社から刊行されベストセラーとなった。翌四八年、愛人山崎富栄と玉川上水で入水自殺。行年三十八歳。

（注7）**田村泰次郎**　一九一一年三重県四日市市生まれ。小説家。早稲田大学仏文科を卒業すると作家を目指し、小説の題材を探して当時住んでいた新宿を歩き回った。『肉体の門』『春婦伝』（銀座出版社

／一九四七年刊）『田村泰次郎選集』全五巻（日本図書センター／二〇〇五年刊）など多くの作品を残し、八三年に死去。行年七十一歳。

（注8）『異族』　数奇な運命に導かれるように次々と姿を現す青アザの「異族」たちが海を越え、民族を越えた混沌の中に日本の根を問い、文学の未知なる地平に挑んだ長編小説。『群像』（講談社）の一九八四年五月号～十二月号、八五年一月号・二月号・五月号～七月号・十一月号、八八年七月号～九月号・十一月号、完結篇九一年一月号～三月号・五月号・八月号・九月号・十二月号、九二年十月号に掲載。中上の死によって未完となったが、一周忌を前にした九九年に講談社から刊行された。

（注9）『枯木灘』　一九七五年から翌七六年にかけて『文藝』に連載、七七年に河出書房新社から刊行された。肉体労働に従事する青年を中心にとした血族の物語を緊密な文章で描き、毎日出版文化賞、芸術選奨新人賞を受賞。芥川賞受賞作『岬』の続編にあたり、本作の続編として『地の果て　至上の時』が書かれ、三部作を構成する。

（注10）『太陽と鉄』　同人季刊誌『批評』（南北社）の一九六五年十一月号から六八年六月号まで十回連載。連載五回目の六七年四月号から発行元が番町書房に変わり、新稿を加えた初回からの全文を掲載した。その後六八年、『文藝』二月号に掲載した随筆「F104」、六七年に書いた長詩「イカロス」を加え、六八年に講談社から刊行された。自らの肉体と精神、生と死、文と武を主題にした内容で、三島の死（三島事件）を論じる際、重要な作品とされる。

第五章　吉本隆明と仏教思想

『最後の親鸞』

吉本が『最後の親鸞』（春秋社）を公刊したのは一九七六年だった。当時、僕は長年にわたった政治的な実践活動から身を引き、その飛沫を浴びざるをえない渦中にあったから、言葉の一つひとつが身に染みるようであった。その意味では忘れられない本であるが、吉本自身も「もっとも愛着の深い書」と語っている。吉本にとって親鸞（注1）は、宮澤賢治（注2）とともに若いころから魅かれてきた存在だった。家の宗教が浄土真宗であり、祖父は天草の「門徒衆」と言われる信仰に篤い、熱心な信者であった。そういう家の雰囲気に自然に影響されてきたのかもしれないと語っていたことがある。

「それに戦時中の教養に仏教が流行っていまして、寺田弥吉（注3）の『親鸞』とか、亀井勝一郎（注4）の『親鸞』なんかがあり、それを入口にして親鸞の『歎異抄』を読んだりしていました。これは蓮如の「御文章」（注5）や親鸞の『教行信証』（注6）などよりはるかにわかりやすいし、生々しい言葉と逆説的な言葉がすうっとまっすぐに入ってくるみたいなことがあって、自分なりに感銘を受けていましたね」（吉本隆明「私と仏教」）

吉本は学生の頃から『歎異抄』(注7)を読み、「歎異抄について」という文章を書いているが、しかし「何もわかってはいなかった」と述懐している。

「しばらくは親鸞からは遠ざかっていたんですが、ずうっと気にはなっていたんです。戦中の文化や思想の流れや、それに身を浸していた自分への反省があり、戦後の思想に向かい合えるようになってから親鸞にも改めて向かい合えるようになったんです。『最後の親鸞』を書いたのは一九七〇年代の後の方ですから、時間を必要としたんですよ」（前同）

戦時中から親鸞は親しく接してきた存在であったが、それを論じるには時間を必要としたのだと語っている。ここから思い出すのは吉本の中で思想が熟成、醗酵していく仕方・過程である。六〇年代はじめに吉本の家によく出掛けていた頃、僕らの愛読書にシモーヌ・ヴェイユ(注8)の『抑圧と自由』（石川湧訳／東京創元社／一九六五年刊）があった。僕らの基本的文献と言うべきもので、この評価について吉本に聞いたことがあるが、彼はあまり意見を言わなかったように思う。しかし、後年にヴェイユについて論じることがあり、時間をかけて考えを熟成させていたのが分かる。これは吉本が思考を深めていく方法であり、それだけ深いものになっていくのだと思う。

同時に、僕は『最後の親鸞』には七〇年代前半の時代的な契機も関与していると思える。象徴的に言えば、三島由紀夫事件や連合赤軍事件などであるが、彼は当時、こうした一連の動きを「戦争が露出してきた」と評していた。死の問題が露出してきたと言い換えることもできた。戦争と死は深く関連するものであり、これについて吉本は『共同幻想論』で論じていたが、あらためて論じる必要性を感じたのではないか。三島事件は彼に想像以上の深い影響を与えていたのではないのだろうか。

『最後の親鸞』と三島・連赤事件

三島事件も連赤事件も、ある意味では意外な事件であった。それらはすでに解決のついている死や生の認識の外で起こったように感じられるところがあったからだ。事件に必然性が感じられないところがあった。と同時に、異常で異様な事件と言うわけにはいかないと思えるところもあった。深いしこりを残す事件だった。これらの事件に対する反応も評価も複雑なものがあって、未だに決着はついていないと思える。これが『最後の親鸞』の背後に影のようにあったと思う。

死に急ぐラジカリスト（急進主義者・過激派）の登場の最大のものは鎌倉末期にあった。国家の介入ということがあるが、戦争期も似たところがある。七〇年代前半にも規模は違うが同じようなことがあったのだ。その意味で親鸞の死（生）についての考えは現在にも通用するものであった。吉本は死について生涯にわたって考察を続け、『共同幻想論』の「他界論」のところで十二分に論じているが、あらためて親鸞の考えでそれを論じるということもあったのだと思う。

親鸞が生きた鎌倉末期は、死を急いだ人たちが最も多く存在した時代であり、死に急ぎを仏教系のラジカリストは競いあった。この時代は死という観念が生と一体的なものとしてあり、意識的な死が人間の存在価値と見なされていた。親鸞はこういう時代の中で、死は実体的なものではなく喩《たとえ》であり、精神的な糧のようなものであるとし、当時の死についての考えを決定的に変えた。当時の浄土を実体的なものと見なす考えについても同じだった。浄土と死を実体的なものと捉え、浄土に向かって死に急ぐ人々の考えを根本のところから批判し、死についての別の考えを提示したのである。

意志的（意識的）な死は意味を持つものではない。親鸞のこの死（生）についての考えは、当時の仏教的観念（思想）が支配的な時代では極めて画期的だった。よく言われるように死は経験不可能である。自ら死んでしまえば死を経験することはできないし、他者の死はどこまでいっても他者の死である。しかし、人は死を想像し、それによって自ら死を演じることもできる。作為や想像によって死を招きよせることもできる。経験不可能な死を想像力や作為で演じることは矛盾にほかならないが、そうであれば、死はどこからやってくるのか。それは、死についての共同観念からやってくるのである。自らの外からやってくるのであり、自己の外部の観念からやってくるのだ。

たとえ、自分の死を想像し、それに恐怖するにしても同じことである。そのような観念が想像を通じてやってくるだけなのだ。そうであれば、死、とりわけ意識（意志）的な死をどう考えるべきか。どんなに意識的、意志的な行為として考えても、共同観念に引き寄せられたものであり、共同観念に支配され、操られたものである。操られた自殺とも言える。死に意味や価値を付与する共同観念（宗教的観念）に自己意識が浸食された状態に過ぎないのである。「浄土」と言っても「悠久の大義」と言っても同じである。吉本は『共同幻想論』では、死を共同幻想の侵蝕という面で強調していたが、親鸞の死についての認識では死という観念の意味にまで考察を進めている。

思想者としての親鸞

『最後の親鸞』の後に、吉本は親鸞や仏教についてのおびただしい考察をなし、また公表した。だから、これは親鸞の最後の考察ではなく、むしろその展開の端緒をなすものと言ってよかった。これは六〇年代前半にマルクスについての考察をやったのに似ていなくはない。六〇年代には、マルクス主義の失効と解体の中で、マルクスの思想の救抜と反権力思想の構築が考えられていた。彼は『最後の親鸞』で何を目指していたのか。七二年の世界史的な転換と述べていたが、同時に宗教の時代も政治の時代も終わったことを認識していた。確かに、世界史の枠組みの中では依然として宗教が理念化されて存在し、他方では理念（政治）が宗教的信仰としてある。宗教も政治も終わりながら、宗教の政治化と政治の宗教化が円環をなして支配している状況がある。この枠組みを脱している存在はどこにもなく、それは思想的な可能性として考えられるだけだった。そういう存在として吉本が親鸞を見いだしていたことは確かであり、宗教者としてではなく、思想者としての親鸞がそれだったと言える。時代に抗う根底的な道を問うていたのだ。

吉本が愛着を持ち、生涯にわたって考察し続けた対象に宮澤賢治があるが、親鸞と賢治との違いは科学的なものの介在ということである。賢治は、科学的なものと宗教的なものの双方を最後まで捨てなかったが、それは時代性ということであり、吉本もまたそうだった。科学的なものとは事物や自然を対象にした人間の意識や認識のことであるが、心的（精神的）な存在を対象とする宗教などとは異なる。別の言葉で言えば、知識とは何か、いかに生きるか、という人間の心的な存在を、かつては宗教が、現在では政治なども含めてあるということにほかならない。吉本は親鸞を通して、知識とは何か、いかに生きるべきかをあらためて問い直した。これは彼が自問し続けてきたことであり、可能な範囲でその答えを披歴したのである。多くの自問を残しながらのことである。また、それが考察を魅力的なものにしている。

僕は先に吉本が『最後の親鸞』を書く背景として死の露出があると指摘した。七〇年代前半のことだが、それは権力に立ち向かった運動が外では権力との関係において必然のように敗退し、内では宗派的な抗争のうちに自己解体した時代であった。かつて「原点が存在する」と言った谷川雁は沈黙していたし、『試行』の同人であった村上一郎は三島由紀夫の後を追うように自殺をした。七五年の三月も終わりの頃だった。宗教も政治も解体こそが課題となる時代の光景の中で、吉本は知識やいかに生きるかから根源的に問い直そうとした。

想像力豊かな『最後の親鸞』

吉本の詩で多くの人たちが口にしたものが多くあった。その一つが「とおくまでゆくんだ」（「涙が涸れる」『吉本隆明詩集』書肆ユリイカ／一九五八年刊所収）で、彼の親鸞への探索にはその趣があった。が、ここでまず問われているのは知識についてであった。

「〈知識〉にとって最後の課題は、頂きを極め、その頂きに人を誘って蒙をひらくことではない。頂きを極め、その頂きから世界を見おろすことではない。頂きを極め、そのまま寂かに〈非知〉に向かって着地することができればというのが、およそ、どんな種類の〈知〉にとって最後の課題である」（『最後の親鸞』）。

人が知識を自己の中で持つことは自然過程である。誰もが免れもできないし避けることもできない。意識的であろうが無意識的であろうが関係ないことであり、人は誰もが知識の所有者であり知識人なのである。これは誰しもが大衆であり、生活者であるのと同じである。そして、知識の意味や価値は時代の文化的な様式の中にやってくるものだ。ある時代の文化的様式の中で知識は過大に評価されることもありえるし、逆にあまり評価されないこともある。

現在は知識が特別に意識されなくなっている時代と言える。これは知識が一般化した結果であると言えるし、知識の意味や価値といったものが混迷の中にあるからだとも言える。現実の宗教や政治が混迷した状態にあることと無関係ではない。だが、知識とは何か、知識人とは何かのことではない。それに応えるだけの思想が存在しないためであるように思える。視界の閉ざされたような現状とも関係している。

知識を持つことが自然過程であり、知識の意味や価値づけが時代の文化様式にあるなら、それに自覚的になり、疑念の中でそれを探索するのが思想である。思想は知的存在に自覚的になると共に、時代の文化様式を超えることを促すものにほかならない。なぜなら、自然過程や文化様式の中にある知は制約のあるものであり、思想はその制約を超えようとするものだからだ。

親鸞は、二十年間も比叡山(注9)に籠って仏典の研究をはじめとする修行を積んだ。彼は当時の仏教が知識の存在様式の形態である中で、その頂点を極めようとしたのだと言える。比叡山での仏教の修行に疑念を抱いた親鸞は山を下り、法然(注10)のもとに参った。この過程は彼が知識としての仏教に疑念を抱き、その存在に対象的となり、自覚的になって行ったことである。彼は法然らと共に事件に連座して配流される。親鸞は越前国国府（現・新潟県上越市）に流されるが、赦免後も関東地方に留まり、浄土真宗を開くことになる。

この過程は彼が時代の仏教であった浄土教を、同時に仏教をぎりぎり解体に近づけていくことだった。親鸞の越後配流から関東地方での布教活動などについては謎が多い。親鸞は浄土門の集大成的な仕事を『教行信証』として進めながらも、それはおくびにも出さずに、捨て聖のように行動したことにより、彼の思想として残されている文献類はその影響力ということから考えればまことに少ない。何百頁かの本に収まってしまう程である。そして、親鸞の肉声とでも言うべきものは『歎異抄』などに見られるだけで多くはない。

これらの過程を想像力豊かに追い求めているのが『最後の親鸞』である。親鸞は仏教に懐疑し、その解体的な道を歩んでいくが、それは同時に知識を懐疑し、いかに生きるべきかの問いを深めていくことでもあった。吉本は知が〈非知〉に向かう過程としてそれを見ており、「そのまま」やっているように見えると書いているが、これは吉本の提起していた大衆原像の世界への着地でもあった。七〇年を前後する頃、知識人と大衆の新たな関係を模索した動きがあったが、実を結ばなかった。これが知識の存在といかに生きるべきかの問いかけだったことは確かだし、吉本はそれを思想的に繰り込んでもいた。

親鸞の独自の歩み

吉本が親鸞を通して自己の思想的な根拠を問い直していたことは明確であり、同じ問題に直面していた（そう感じた人も含めて）人々の共感をえた。親鸞は偶然か必然か仏教者になった。仏教者になるとは比叡山に登り学究と修行を重ねることであり、その頂を極めることだった。もちろん、これは仏教を通して自他の解放（救済）をはかることで、ある時代に人が革命者や運動者になることで自他の解放を目指したのと変わりがない。親鸞は比叡山での学究や修行に疑念をいだき山から降りた。今風に言えば、一種の転向をしたのである。理論と実践の双方で支配的な革命者や運動者の規範や概念から離れること、例えば党生活者を辞めたようなものである。そして親鸞は聖道門（悟りの仏教あるいは自力の教え）の仏教者から浄土門（救済の仏教あるいは他力の教え）の仏教の仏教者に変わったのである。これも今風に言えば前衛集団の運動者から、大衆運動の運動者になったことに似ている。

彼は山を下り法然のもとに身を寄せた。そして学究や修行を廃し、念仏を唱えるだけの称名念仏[注11]に転じた。浄土門系統の仏教の大衆的な広がりに対する危機感から、また旧仏教からの讒訴《ざんそ》（他人を陥れることを目的に訴えること）もあって彼は事件に連座し、越後に配流になった。彼は赦免後も京都（法然）のもとには還らず、関東で捨て聖となって布教を続けた。そして法然の浄土宗とは別の浄土真宗を開いた。この過程で、南無阿弥陀仏を唱えるだけの他力本願と呼ばれる宗教を解体するところまでことを進めた。彼は「地獄も極楽も存知せぬなり」「信ずるも信じないも面々の計らいなり」という言葉に示されるように、宗教的理念（念仏による救済）を解体してしまったのである。彼は仏教的戒律である女犯を破り妻帯し、愛欲と煩悩にある生活を送った。これは仏教者であることを廃して俗的な生活に還ったことを意味したのだろうか。当時だって仏教者を廃して俗的な生活に戻る還俗ということはあったのだから、そういう道もあったはずである。

親鸞は、よく知られているように〈非僧〉〈非俗〉として生きたといわれる。彼は僧つまりは宗教者という存在を放棄した（放棄したに等しいところまで解体した）、その意味では非僧であった。他方で妻帯し、煩悩の世界にあって俗そのもののように存在しながら、意識的な生としてそれを生きたという意味で非俗であった。〈非僧〉〈非俗〉とは思想者としての親鸞の存在であって、現実の存在としては、外形的には僧や俗として生きたということである。何故だろうか。人間は現実的には自然との相互的な関係の中にある。この場合の自然はその中に自然から疎外された人間的自然も含む。人類史を自己の身体の内に存在させて生きることにほかならない。その意味で人間は現実的な存在である。しかし、現実的存在を制約として超えようとするものを持つのであり、これもまた自己を疎外させる意識であり、これを思想と呼ぶことができる。思想とは人間が現実の中にありながら、現実を超えようとする衝動なのである。現実は人間の不可避な存在様式であり、避けられないものであってもそれはまた制約であり、それを超えようとする衝動を持つのであり、それは思想と呼ばれる。〈非僧〉〈非俗〉とは親鸞の思想的立場だったのだ。

「いかに生きるべきか」という、「政治的な問い」

親鸞の〈非僧〉〈非俗〉という立場は、僧―俗という立場を超えることを意味した。僧という時代的な幻想（共同幻想）と、俗という実世界の相互関係の環から離脱していることを意味している。それは思想的な存在としてのみ可能だった。人間は自然との相互関係の中にある。そこには人間が歴史として持ってきた人間的自然も含まれる。その関係の中で人間が固有の力を宗教や政治として切り離されないで承認され、発揮される世界が革命の成った世界である。今風に言えば人間の多様な存在が承認され、生かされる社会ということになる。しかし、これは現在では思想的にしか可能ではない。現実の社会では人間の固有の力は宗教的・政治的に取り出すほかなく、多様性が承認されるわけではなく、その意味では差別的である。

親鸞は僧になり、その宗教者としての展開をぎりぎりのところまでやって宗教的な解体に達し、その到達が〈非僧〉〈非俗〉だった。吉本は何故親鸞に魅せられたのか。知識やいかに生きるかという自問に思想者としての親鸞が重なったからである。吉本が知識を持って知識人になり、いかに生きるべきかの問いを持ったことは時代が彼に強いたことだった。その問いはもう宗教的ではなく、政治的だったと言える。革命という理念を含んだ政治だった。そして政治（革命という理念を含む）もまた、解体的である他ない時代に、よって立つべき思想的立場としてあるものがほかになかった。六〇年代には、吉本はまだ日本の反権力思想の構築を考えていたことを想起するといいのかもしれないが、七〇年代にはもう解体しかないと考えていたと思われる。僕はそこに三島由紀夫事件や連合赤軍事件の影、あるいは「南島論」の挫折の影響などを想定できるが、吉本は思想者としての親鸞の世界に足を踏み入れていった。宗教者としての親鸞には留保をしながらである。

こうした中で、あらためて取り上げたい幾つものことがあるが、やはり、最初に来るのは死についての考えを深めていったことである。『共同幻想論』の中では死は共同幻想による自己幻想の侵触という面が強調されていた。この認識は三島事件や連赤事件の分析、その内在的な理解としては優れた力を発揮するものだった。しかし、吉本が親鸞の浄土や死に分け入って取り出しているのはこれとは異なる。親鸞は浄土や死を実体的なものとしなかった。浄土を死後の行くべき世界として描くほかなかったように、死も実体的なものと考えなかった。それは心的に描かれた境位であった。死を親鸞が「正定聚」（注12）という概念で提示したものはもう少し複雑ではあるが、基本的にはそういうことだった。〈死〉を人間の生を超え、生と死を見渡せる人間の心的な境位とみなしたのである。人間は死を経験することは不可能だが、想像力や作為によって死を描くことができる。これは矛盾と言えば矛盾であるが、そのことの意味は生という現実の制約を超えて、その世界を見渡せるということにほかならない。これは人間が現実から自己を疎外させることにしか現実を認識できないということと深く関わる。浄土や死を人間が想像力において取り出すことは、そのことによって生や死という現実を見渡すことができるということであり、その視線が重要であるということになる。

吉本の思想展開の大きな契機

吉本が親鸞を通して死についての考えを深めていったことは明らかだ。これは『共同幻想論』における死についての考えとの違いと言えるが、死をもっぱら否定面でとらえるということから、肯定面の要素が強くなったということである。死を心的（精神的）な境位とみなし、生と死を見渡す視線のようなものと考えたわけだが、ある意味では浄土からの視線と言ってもよかった。これは『共同幻想論』から「南島論」へという展開から、『最後の親鸞』から『マス・イメージ論』（文芸誌『海燕』福武書店／一九八二年三月号から翌八三年二月号まで十回にわたって連載。八四年に福武書店から単行本として刊行）への道を可能にしたと言える。この大きな契機は、死を実体的なものと考えることから脱し得たことである。多分、吉本はこれまで死を実体的なものとみなすことにまだ、どこかとらわれていたように思う。三島由紀夫の事件をシコリとして受け止めていたことはその例証かもしれない。

実体的な死とは身体的な死である。僕らは他者の死を目撃し、そこから死のイメージを受け取る限り、死はいつも実体的な死ということになる。しかし、人は自己の身体的な死を経験はできないのであり、想像力で得られる死はこれとは違ったものである。この食い違いというか矛盾は、死を実体的に考える限りは解消しないものである。吉本は想像力による死のイメージで身体的な死を演じることを強制された世代（戦中派世代）であり、そのことが戦後もついて回っていたのだと思われる。ここからの脱出を吉本は思想のモチーフにしてきたのであるが、それでも死＝身体の死ということはふっきれないでついて回ってあったように思う。

何故だろうか。想像力によって得られる死があくまで想像（幻想）的に生成されたものであることは自明であっても、それが人間の現実からの疎外態（自己疎外態）としてある限り、それを現実によって根拠づけようということが出てくるのは避けられないからだ。身体的な修練によって死のイメージを得ることも同じである。死を身体の死に関連づけることは、死を身体の死と想定する限り必然のように出てくるのだ。身体の死という恐怖に打ち勝つ行為が意思的な死であり、身体の死の恐怖から自由になる最高の人間的行為である。これが三島の死生観である。死を身体の死に結びつけるには、思想を身体に結びつける思想がある。理論と実践の統一も、知と行の合一も、根底に思想と身体を結びつける思想がある限り、ここに行き着く必然がある。

宗教的ラジカリズムと政治的ラジカリズムがよく似た現象としてあらわれるのも、根底で思想と身体の関係（結びつき）で同じ様式を持っているからだ。個人の好みという意味では、吉本は心的な破局やラジカリズムが好きだったのかもしれない。これは僕の推察であるが、そういう点で言えばラジカリズムをどう始末するかはいつも念頭にあったのだと思う。親鸞の死についての思想は、死を実体ではなく喩であり、精神の糧だとするもので、吉本は自己の思想を再認識しただけかもしれないが、この後の思想展開の大きな契機となった。

〈非僧〉〈非俗〉再び

親鸞は自己存在を〈非僧〉〈非俗〉として規定した。非僧とは僧という共同幻想からは離脱するにしても、幻想力の中に生きる存在とイメージできる。そして非俗とは意識的に俗的な生活にあるものを指していた。外形的には捨て聖であり、俗的生活者であり、思想としてのみその枠組みを離れた存在である。僧としても俗人としても自立的な存在であり、その自覚的な存在者である。現実にある時、〈僧〉であり、〈俗〉でありその円環を免れないにしても、それを制約としてそこを超えようとする人間の存在である。〈非僧〉〈非俗〉というのをいくらか具体化して言えば、どうか。

〈非僧〉は死や浄土の世界に到達（往相）し、そこから民衆の中に還って済度（救済）の務めを果たす（還相）。一方のイメージでは煩悩の里での生活を送り、その中で現実を超えることを目指す。世界的、全体的な視線を獲得し、そこから現実の矛盾的な世界に分け入ることである。また、現実の世界にあってその矛盾を超えるべく闘うことだ。世界を変えるためには二つの道が不可欠であると言っているようなものだ。

簡単な道を提示しているように思えるかもしれない。しかし、親鸞が死や浄土の概念から実体的な死を追放したことは重要な意味を持つ。身体的な死をもって浄土に近づき、自他に浄土を示すことを否定したからである。死という実践によって浄土に近づき、浄土を体現することで民衆の済度にもなることが否定されれば、この二つの道は結びつくことが困難になるからだ。非僧の世界から身体の修練で死や浄土の世界に近づくことが否定されれば、そこへの到達も還りも言葉によるしかない。そして、この言葉によるしかない世界と現実の世界との隔たりは大きくなる。理論と実践の統一、あるいは知と行の合一は身体を媒介にしてのものであり、これが解体されれば、〈非僧〉と〈非俗〉を結ぶことには大きな隔たりができる。別の方法というか、道を考えるほかないのである。

世界視線に到達し、死と生の世界を見渡すように、現在と未来を見渡す視線を得ることと、マルクスのいう現実の矛盾に即した運動とが結びつくのは難しいのである。理論と実践の統一や知と行の合一という概念が解体した事態は、ロシア革命以来のその物語が終わったことを意味するのかもしれない。親鸞は、天台宗などの聖道門から浄土門へと仏教のヘゲモニー（覇権）が移行する一つの宗教革命の時代の帰結から同じようなことを思想としては考えたと言える。マルクス主義の中でのアルチュセールの「重層的決定論」はこうした事態に応えようとしたものと言える。だが、世界的な視線と現実の絶えざる運動とは重層的に結びつくという程度で解決する問題ではない。

吉本は『世界認識の方法』（中央公論社／一九八〇年刊）の中で、世界史の契機としての理念と歴史への個人の参画とを取り出しているが、それがどのように関係するのかは示していない。世界的視線の獲得の問題は二十五時間目の世界としても語られてきたが、理念の運動と個人の参画による運動がどのように関係するかを明瞭に語っているわけではない。ただ、親鸞論の中ではその辺りを検討していてヒントが散見される。例えば、「横超論」のように。

世界的、全体的な視線を得ることの方法的な難しさ

世界を変えるために必要なのは、現実を超える視線と現実の中の動きである。よく知られているように、マルクスは現実の矛盾の中から発生する運動を提起している。それは現実を止揚しようとする絶えざる運動のことだが、ここで言えば後者である。そして前者は理念的な運動とでも言えばいいのだろうか。そうであれば、この二つはどのような存在であり、また相互に関係するのか。吉本が親鸞についての論究の中で追い求めた問題を僕はこう読んできた。もちろん人それぞれの読み方はあると思う。死や浄土を実体的なものではなく、心的な境位（精神の糧）のように見る親鸞の考えは中心にあったが、吉本が人間的な存在や力としての幻想の問題を提起したことと関連している。幻想の疎外形態である宗教や国家（共同幻想）の批判とともに、幻想という存在を始末してしまった唯物論（マルクス主義）への批判としてこれはあり、幻想として人間を救抜したことに関わる。

幻想的なものを実体的なものに還元する思考の批判は吉本の以前からのものであるが、その深めら

れた過程が親鸞への論究の中にある。親鸞が死や浄土を実体的なものから切り離したときに、どこに根拠づけられるか。人間の幻想それ自身にしかないが、言葉の問題ということになる。易行称名というときに、いわば言葉に信を置くことだから、密教的な仏教修行よりは容易なことと思われるかもしれないが、幻想の本質に接近するのはこの方が難しいのだという逆説が語られている。親鸞はある意味では仏教者であるから、信に近づくとか信を得るとかにこだわる。僕らは幻想の本質を手に入れることになるが、身体的な行為や学究的な行為よりは自己問答においてそれを得るというように理解すべきであるように思う。吉本が文学の本質を沈黙も言語過程に置いたことを想起すべきかもしれない。

もうひとつ、易行他力ということがある。他力とはどのように理解すべきか。宗教的には、信を得るために自力(自力のはからい)を頼まないということであるが、宗教的な立場にないと理解は易しくない。自力を、自己意志による信(幻想的世界)への到達というように考えたらどうだろうか。親鸞のいう「正定聚」のところに自力で行けるとは、意志によって到達できる、ということを意味する。現代の人間にとっては自己意識=自己意志こそが主体的なことであるから、世界との関わりもそのようにあると考えられている。確かに世界は自己身体の内に、自己意識の内にある。しかし、この場合の自己意識は個体意識や対の意識(男女関係の意識)のように自己身体の成熟に即して発展していくものではない。とりわけ共同の意識はそうではない。それは外から、言うなら歴史の方から自己意識の方にやってきて自己意識になるものである。『共同幻想論』の中で共同意識(幻想)の逆立が言われていたことを想起すればいいかもしれない。自己意識の生成の構造はこうなっているのである。自力＝自己意志というように理解すれば、共同の意識には自己意志では近づきにくい。共同意識は外から、向こう側からやってくるものだから、他力をそういう文脈で理解すべきである。「正定聚」の位に達するには外からの意識の流れをつかむことが肝要なのであり、意志はその反省的契機において現れるのである。還相という言葉があるが、これは啓蒙的な意味で共同意識に向かう意識のことではない。外（歴史）からやってきた意識に対して反省的（対象的）になる意識としてあるのだ。浄土の視線、言うなら世界的視線は意志によって到達するものとしてではなく、外からやってくる意識に対して反省的になることで得られるものだ。意志は反省的に機能することで存在するのだが、世界的、全体的な視線を得ることの方法的な難しさを暗示している。

世界を変える二つの契機はどのような関係に立つのか

世界を変える二つの契機はどのような関係に立つのか。親鸞が易行他力（念仏）を提起したときに考えられたのは「自然法爾《じねんほうに》」（自力を捨てて阿弥陀仏にすべてを任せること）だった。絶対他力が自力を拒否した時に出てきた考えであり、自然にということだが、これは現在の人には分かりにくい。吉本がこの親鸞の考えを最後まで追いつめていったことは確かであるが、信じたのかどうかはわからない。思想者としての親鸞と宗教者としての親鸞の双方を考えながら留保していたところではないだろうか。

世界を変える契機が大衆というか、生活者の動きにしかないことは、先ほどのマルクスの言の通りであるし、親鸞が「煩悩具足の凡夫（煩悩にまみれた人間）」の世界に浄土の種があると言ったことと同じである。しかし、現実を変える契機には死からの視線、浄土からの視線が必要であり、ヘーゲルやマルクスの理念として語られていることでもある。

現在ではこの二つの総合が啓蒙的な政治組織や運動で媒介されることは確かだ。近代的な運動の中で提起されてきたことは疑いないが、それらが有効に機能しないことは明瞭であるように思う。これは根底的にはマルクス主義の理論と実践、知と行の合一などの意志（意識）と身体を結ぶ思想が問題で、先に指摘した。共同幻想を超える観念力は観念的な力としてのみ存在しうるし、現実を超える運動は生活過程の内からしか出てこない。この二つの契機は簡単に総合しえないし、結びつけられもしない。その総合化として考えられた組織論や運動論は全部だめである。多分、吉本は『共同幻想論』を書いた後でもこのことを問題にしていたと推察できるが、納得の行く方法を考え得たとは思えない。吉本はこの二つを結ぶ方法として親鸞の「横超論」を検討している。

横超というのは堅超に対する言葉である。横超という概念は別に修行などがどうかということではなく、ごく普通の人が一挙に最高の悟りの世界に行けるということである。これに対して堅超は仏教の修行をした人、つまりはそういう媒介を経た人がそこに行けるというものである。知識を媒介にするとイメージしてもいい。世界的視線、あるいは浄土の視線を得ることは知的媒介を持って、それを登りつめてではなく、普通の人が一挙に到達できると言っているのである。これまでの反体制的、あるいは左翼的な組織論や運動論はその意味では竪超論の系譜にあるものであるが、僕らが経験してきた運動、とりわけ全共闘運動は横超論的な片鱗を実感させた。ただ、この二つの契機を総合する考えは出てきてはいない。吉本の『マス・イメージ論』には親鸞の思想的な探索があった。

（注1）**親鸞**　鎌倉時代前期から中期にかけての僧。一一七三年（グレオリオ暦換算）京都の日の里で誕生し、浄土真宗の開祖とされる。幼時に父と母を失い、九歳で出家・得度。出家後は比叡山に登り、天台宗の堂僧として二十年に及ぶ厳しい修行を積む。二十九歳の時、自力修行の限界を感じて比叡山と決別して下山。法然の草庵を訪ね、入門を決意する。法然の開いた浄土宗に対し、既存仏教教団から激しい非難が出て、法然や親鸞らの弟子が罪科に処され、法然は讃岐国へ、親鸞は越後国国府へ流罪（承元の法難）となる。法難を機に非僧・非俗の立場を決意して結婚、在俗のまま念仏の生活を送った。四十二歳の時、妻子とともに越後から東国（関東）に赴き、常陸国の小島や稲田の草庵を拠点に布教活動を行う。浄土真宗の根本経典『教行信証』（注6参照）は稲田の草庵で四年の歳月をかけ、一二二四年に草稿本として著述したとされる。一二六三年（グレオリオ暦換算）死去。行年八十九歳。

（注2）**宮澤賢治**　一八九六年岩手県稗貫郡里川口村（現・花巻市）に生まれる。詩人、童話作家。農芸化学者。法華経信仰と農村生活に根ざした創作を行う。二四年に詩集『春と修羅』、童話集『注文の多い料理店』を自費出版。二六年に私塾「羅須地人協会」を設立して農業指導などに当たる。代表作に『風の又三郎』『銀河鉄道の夜』などがある。一九三三年死去。行年三十七歳。

（注3）**寺田弥吉**　一九〇〇年兵庫県揖保郡新宮村（現・兵庫県たつの市）に生まれる。思想史家。親鸞を中心に日本思想を研究し、教育論への応用を試みた。著書に『親鸞の哲学』（建設社／一九三五年刊）『日本学序説』（冨山房／一九四二年刊）『親鸞』（三笠書房、現代叢書／一九四四年刊）『親鸞哲学の真髄』（太陽出版、親鸞選書／一九七二年刊）などがある。一九七一年死去。行年七十歳。

（注4）**亀井勝一郎**　一九〇七年北海道函館区（現・函館市）に生まれる。文芸評論家。二六年東京帝国大学文学部美学科に入学するが、左翼運動に傾倒して二八年に中退。同年、治安維持法違反容疑で逮捕される。保釈後の三五年、『日本浪曼派』の創刊に参加して評論を発表する。戦時中は宗教論・古典論・芸術論、戦後は日本人論・人生論などを中心に評論活動を行う。五九年から『文學界』（文藝春秋社のちに文藝春秋）に『日本人の精神史研究』の連載を開始。六四年に日本芸術院賞を受賞、翌六五年に芸術院会員にえらばれた。同年『日本人の精神史研究』などで菊池寛賞を受賞。翌六六年死去。行年五十九歳。なお『日本人の精神史研究』は全六巻を刊行する予定だったが、亀井の死により五巻の半ばで中絶した。著書に『親鸞』（新潮社、日本思想家選集／一九四四年刊）『亀井勝一郎著作集』全六巻（創元社／一九五二年～五三年刊）などがある。

（注5）**「御文章」**　室町時代で僧で浄土真宗中興の祖と呼ばれる蓮如が布教のため、全国の門徒に発信したかな書きの法語。浄土真宗本願寺派（西本願寺）では「御文章」、真宗大谷派（東本願寺）では「御文」という。

（注6）**『教行信証』**　親鸞の著作で、全六巻からなる浄土真宗の根本経典。正式な表題は『顯淨土眞實敎行證文類』だが、『教行信証』と略称することが多い。崇敬の念を表して浄土真宗本願寺派では「御本典」、真宗大谷派（東本願寺）では「御本書」と呼ぶ。現存する唯一の親鸞真跡本『顯淨土眞實敎行證文類』は真宗大谷派が所蔵し、一九五二年に国宝の指定を受けた。

（注7）『歎異抄』　鎌倉時代後期に書かれた日本の仏教書。作者は親鸞に師事した唯円とされる。書名は、その内容が親鸞滅後に浄土真宗の教団内に湧き上がった異義・異端を嘆いたものである。

（注8）シモーヌ・ヴェイユ　一九〇九年フランスのパリで生まれる。哲学者。第二次世界大戦中にほとんど無名のままロンドンで客死（行年三十四歳）したが、戦後、知人らか遺稿を編集・出版して高い評価を受けた。著書に『重力と恩寵　シモーヌ・ヴェイユ「ノート」抄』（田辺保訳、講談社文庫／一九七四年刊）『超自然的認識』（田辺保訳、勁草書房／一九七六年刊）などがある。

（注9）比叡山　標高八四八メートルの比叡山全域を境内とする延暦寺を指す。叡山あるいは平安京（京都）の北に位置することから北嶺とも呼ばれた。比叡山は古代より神山として崇められてきたが、天台宗の開祖・最澄が七八八年に薬師如来を本尊とする一乗止観院（現・総本堂、根本中堂）を創建して開山。法然（注10参照）、親鸞、良忍、一遍、真盛、栄西、道元、日蓮など各宗各派の祖師を育んだことから日本仏教の母山と呼ばれる。

（注10）法然　平安末期から鎌倉初期の僧。一一三三年美作国（現・岡山県）に生まれたとされる。十五歳の時（一説では十三歳）、比叡山に登り天台宗の学問を修める。

当時の仏教は貴族のものであり、厳しい修行によって煩悩を取り除くことを「悟り」として民衆の不安を救う力を失っていた。疑問を抱いた法然は四十三歳の時（一一七五年）、「南無阿弥陀仏」と一心に念仏を唱えれば、すべての人々が平等に救われる専修念仏の道へと進むため比叡山を下山し、念仏を広めた。この年が浄土宗の立教開宗とされる。晩年は承元の法難（注1参照）で讃岐国に流罪となるが、高齢にもかかわらず讃岐国中に布教の足跡を残した。一二一二年死去。行年七十八歳。

（注11）称名念仏　称名は仏・菩薩、特に阿弥陀仏の名を唱える意。南無阿弥陀仏を唱えて極楽浄土を願うのが称名念仏で、口称念仏ともいう。親鸞は、念仏を極楽浄土へ往生するための修行・善行として

は捉えていない。

（注12）「正定聚」　涅槃の世界に至ることが定まっている仲間たちの意。浄土真宗では阿弥陀仏の救いを信じて歓喜し、疑わない心によって如来に等しい正定聚になりうるとする。

第六章　吉本隆明の八〇年代の思想的展開

ポストモダンを冷たくあしらう吉本

吉本は『わが「転向」』（文藝春秋／一九九五年刊）を著す。九四年に雑誌『文藝春秋』（一月号）に発表して単行本になったものである。表題からして人々を驚かせたものだが、主に八〇年代の活動を概括したものであったと言える。

吉本は八〇年代に入って、その前半に『マス・イメージ論』、後半に『ハイ・イメージ論』（福武書店／一九八九年刊）を書き、『「反核」異論』で論議を呼んだ。埴谷雄高との論争もあった。（注1）そして八七年には吉本隆明・中上健次・三上治主催の「いま、吉本隆明25時―24時間連続講演と討論」（注2）と題した二十四時間連続の集会があった。また、ミシェル・フーコーとの対談も行っている。（注3）さらに、八八年に初めて沖縄を訪れている。その記録は『琉球弧の喚起力と南島論』（注4）として出版された。八九年にはベルリンの壁の崩壊と冷戦構造の崩壊も起こっている。吉本の八〇年代の思想的な展開に触れてみたいのであるが、概括的に言えば、この時期の吉本は新旧左翼の枠から離れた思想的な独自展開の様相を示すとともに、資本主義の高度化という現在を正面に据えた思想的な格闘をやっていたことになる。全共闘世代に圧倒的な支持を得ていた吉本に離反が出てきたのもこの頃だった。

六〇年安保闘争を「日本資本主義との闘争」として闘った吉本には、その後の広い意味での左翼の後退が視野に入っていたのかもしれない。左翼がロシアマルクス主義を意味する限り、これは明瞭であったといえる。ただ、吉本は六〇年安保闘争を闘った独立左翼的な部分には共感と期待を寄せていた。六〇年以降の過渡期の中で独立左翼的な運動が、旧左翼を乗り越えていく可能性を見ていたともいえる。六〇年代の独立左翼的な運動は、その表出性において全共闘運動などよく闘った。しかし、理念的にはロシアマルクス主義の左翼反対派である新左翼と独立左翼の混合状態であり、政治的グループでは新左翼が多数を占めることで旧左翼に転じていった。赤軍派などの革命戦争派や連合赤軍などはその象徴であったが、連合赤軍事件や内ゲバなどを契機に急速に退潮していった。吉本の独立左翼的な運動に対する希望は失望に変わっていったのだと推察される。

七〇年代の左翼運動の理念的・実践的な後退局面の中で、その隙間を埋めるように登場したのがポスト・モダンと称される思想的な動きだった。六八年のフランスでの革命的運動と前後して出てきた思想的な動きだが、構造主義などとして日本にも移入された。浅田彰の(注5)『構造と力　記号論を超えて』(勁草書房/一九八三年刊)はその代表的なものであった。ポスト・モダン論は日本のジャーナリズムやアカデミズムの一部での流行りだったが、吉本はこれらを基本的にはマルクス主義の衣装替えとして冷たくあしらっていたように思う。日本へヨーロッパから尖端の思想が移入され、ジャーナリズムなどを席巻する現象は今に始まったことではないが、その最後とでもいうべきポスト・モダンは何も残さない結果に終わった。吉本は、新旧左翼ともポスト・モダン派とも違う展開を八〇年代に始めるのである。

『マス・イメージ論』の時代

「こうしたいくつかの兆候を考え合わせると、日本の社会では七二年を中心にした二、三年でとても大きな曲がり角を迎えたという認識に達します。七二年が一つの転換点だと気づいたことによって、僕の仕事の方向性もはっきりしてきました。一つは大衆文化を本気で論評しようということ、もう一つが都市論をキチンと考えようということです。文学評論の余技として大衆文学を論じるのではなく、大真面目に大衆文化の問題を正面に据えなければいけないと思ったし、都市の実態をもう一回考え直さなければいけないということになりました」(吉本隆明著『わが「転向」』)

七二年を中心とした二、三年で日本社会が大きな曲がり角を迎えたという認識に、吉本はいつの段階で達したのだろうか。七六年に『最後の親鸞』を公刊しているが、この段階では吉本は自己思想の再確認に意を注いでいたように思う。六〇年代半ばにマルクスと格闘していたことに匹敵すると推察できる。資本主義が存続するように、それに批判的な左翼思想も存続はする。一九二〇年から三〇年代に大きな影響力を持った左翼思想は戦前から戦中に壊滅するが、戦後復活した。そして七〇年代に自滅と解体の局面にあった。日本社会は高度成長の最中にあった。吉本は六八年の『共同幻想論』から「南島論」への展開での挫折に対して、別の形で乗り越えようとしたのが『マス・イメージ論』であった。七二年が世界の転換点であるという認識がそれを進めたのであろうが、無意識も含めてその認識に達したのは七〇年代後半のように思える。あるいは『マス・イメージ論』を書く過程においてだったのかもしれない。

『マス・イメージ論』は一言でいえば、現在という共同幻想を捉えようとしたものである。当時から難解であった記憶がある。いつの段階からか、吉本は現在という言葉を多く使うことになるが、これは現在を過去に遡及することで把握しようとするのに対して、未来を意識する契機が強くなることを意味する。『わが「転向」』の中で吉本は、『共同幻想論』が過去に遡及する形で日本の共同体の構造を明らかにしようとしたのに対して、『マス・イメージ論』や『ハイ・イメージ論』は未来の共同体を明らかにしようとしたのである、と述べている。ここには親鸞への論究の中で得た死からの視線、あるいは世界からの視線があることは改めていうまでもない。もちろん、過去への遡及が忘れ去られたわけではない。南島論は北方に視野を広げ、アフリカ的段階という歴史観の拡張で展開は続けられていたからである。七二年を中心に日本社会が曲がり角を迎えたという認識は、表出意識として僕らに浸透しつつあった。それがどのような段階と過程を経てかといえば、七〇年代を通してであったが、それに対応する理念も言葉もなかった。この難題に挑んだのが『マス・イメージ論』であったことは確かである。

バブル景気の頃

『マス・イメージ論』は『共同幻想論』の現在版、『ハイ・イメージ論』は『言語にとって美とはなにか』の現在版――そのような作品として人々に受け取られたかどうかは別にして、これが吉本の意図であったことは彼が明言している通りである。僕はこの前提として、『共同幻想論』や『言語にとって美とはなにか』の前にはマルクスについての思想的な論究が、『マス・イメージ論』や『ハイ・イメージ論』の前には親鸞についてのそれがあったことを繰り返し述べてきた。吉本は現実に対応することを思想の存在理由としながら、他方で方法的な深化を同時にやっていたのである。このどちらもというのは難しいことだが、いつの場合も吉本はこれをやっていたのである。

吉本にこうした現在版をという、自己思想の解体をかけての思想的な挑戦を促したのは時代の変容であり、それがもたらす強い思想的な危機感であった。背後にあったのは、三島由紀夫事件の残した思想的なしこりであったかもしれない。あるいは、殺戮を繰り返す内ゲバ事件に深入りするほかなくなっていた政治グループの動向だったかもしれない。六〇年代の帰結ともいうべきこうした事件に吉本が無縁であったと思われないからだ。それは影のようでもあったことを忘れてはならない。

吉本は七二年を前後しての世界の転換点に気づき、それが自分の仕事の方向性を明瞭にしたと語っている。これは『わが「転向」』の中での発言であるが、七〇年から八〇年代への転換は急速であった。現在という言葉を多用するほかないほど時代の変化が速かったし、それをつかむのは大変なことだった。人々の意識が混迷と解体の中に漂うしかない事態があった。

六〇年安保闘争を最後の闘争として勝利した日本資本主義は、七〇年代前半までを高度経済成長のうちに歩を進めた。大量生産と大量消費の時代であり、毎年、一〇パーセント近い経済成長を続けていたが、七三年（第一次）と七九年（第二次）に始まったオイルショックで屈折を余儀なくされる。経済発展は七〇年代後半から八〇年代後半のバブル経済まで進む。二桁の高成長はなくなったが、経済の発展は続き、消費優位社会という議論を呼び起こすまでになっていた。頂点は八七年を前後するころであるが、人々の生活様式や意識に大きな変化をもたらしていた。この初めの段階で消費革命をめぐる議論が生まれている。生産と消費をめぐる議論は山崎正和著の『柔らかい個人主義の誕生　消費社会の美学』（中公文庫／一九八七年刊）などを生みだしたが、吉本にも大きな影響を与えたと推察できる。この過程は、社会思想的には「階級」の問題が中心におかれたことに変化をもたらしつつあった。この時期の吉本には「階級」問題のある程度の解決、あるいは変化という認識があった。つまり、プロレタリア革命の歴史的な変化が意識されていたのである。

吉本とフーコーの対話

七八年に来日したフーコーは「階級」の問題の変化を提起していた。その時の講演で次のように述べている。

「十九世紀の大問題は、周知のごとく、貧困と悲惨の問題だった。なぜ、富の生産が、富の生産に直接かかわる人間の貧困を招くかという問題が、つまり富と貧困とが並行して生み出されていく現象が、多くの思想家や哲学者の関心をひいていた。一方、二十世紀の終焉に近づいている現代においては、この問題が全く解決されたとは言い難いが、しかし、十九世紀ヨーロッパにおけるほど緊急の問題ではなくなっている。現代において、この問題は、もう一つの問題に裏打ちされているのだ。つまり、権力の過剰の問題がそれであり、現代において人々を不安に陥れ、あるいは公然と反抗を呼ぶのは、ファシズムやスターリニズムが非常にグロテスクな形であからさまにした権力の過剰生産という問題にほかならない」（ミシェル・フーコー著『哲学の舞台』渡辺守章訳、朝日出版社／一九七八年刊）

フーコーのいう「十九世紀の大問題」とは階級の問題である。資本主義が人類史的な富の生産を実現しながら、その生産者たちを貧困と悲惨に追い込む問題であり、資本主義の批判と革命ということが出てきたのである。例えば、フランス革命から一八四八年の世界革命までは、「憲法は革命」であるといわれたように、革命とは自由や民主主義の実現という要素を色濃く持っていたが、それを色褪せたものにしていく事態があったのである。日本では、自由民権運動の頃と大正デモクラシーを経ての革命という概念の変化に現れているといえる。フーコーは、「階級」の問題が中心に置かれてきた思想状況の中で権力関係の問題を提起していた。階級の問題が中心に置かれることで、国家の問題は自由と民主制の実現からプロレタリア独裁へ変化した。パリ・コンミューンの後にマルクスはプロレタリア独裁をコンミューン型国家の形態として提示し、レーニンに受け継がれていった。この国家論は暴力革命論と共に後生に大きな影響を与えるが、背後に「階級」問題という社会思想が存在した。フーコーは権力の問題を提起したが、吉本が幻想論を提起したことと重なる問題であった。フーコーが提起しているのは権力の過剰、あるいは過剰生産であるが、権力についての問題が本質的に欠如したマルクス主義への批判でもあり、連赤事件や内ゲバなどの解明に光を当てるものだった。吉本が幻想論として提起し展開してきたのはマルクス主義の宗教・民族・政治などの批判であるが、通底することだった。

ここで七八年に行われた吉本とフーコーの対談について触れておきたい。この対談は吉本邸で行われ、その記録は『世界認識の方法』（中央公論社／一九八〇年）に収められている。吉本はこの対談についてある雑誌で語っている。「意志論ということだけがこちらの方法としてあって、考古学的な知の層を主体とするフーコーの考えと対比できるとすればそこだけだと僕は感じていました」（『吉本隆明が語る戦後55年　第八巻マス・イメージと大衆文化／ハイ・イメージと超資本主義』三交社／二〇〇二年刊）。マルクス主義をどうするかを中心にした対談であるといってよかったが、吉本はマルクス主義とマルクスは別のものとし、マルクスを継承するという考えで『共同幻想論』などを展開してきた。ヘーゲル―マルクスの意志論は幻想論であり、人間の諸力としての幻想（観念）をきちんと評価することだった。マルクス主義が観念論批判、あるいは宗教批判の中で始末してしまったのが意志論であり、それを受け継ぐことを明確にしていた。

『言葉と物』の衝撃

吉本とフーコーの対談はあまりかみ合ったものではなかった。吉本はヘーゲル―マルクスの意志論の継承ということを展開したのに対して、フーコーは「マルクス主義は政治的想像力を貧困にした」と応じた。どちらかというと、フーコーが分析哲学を使って現状に切り込もうとする実践性が伝わってきて印象深かったが、両者の思想が火花を散らすには何かの事情が挟まり過ぎていたのだと思う。吉本は翻訳を通してフーコーの著作を読んでいたが、フーコーはそういう機会はなかった。その後に機会があって、吉本に再度フーコーとの対談を持ちかけたこともある。吉本の拒否の態度にはこの事情があったのだと思う。

ただ、フーコーについて吉本は構造主義も含めて「機能主義的」と批判していたが、対談前にフーコーの著作を読み直してそれを改めたと述べている。特に『言葉と物 人文科学の考古学』（新潮社／一九七四年刊）にはかなり衝撃を受けたと語っていた。吉本はマルクスとマルクス主義を区別し、マルクスを継承するという考えに立ってきたけれど、フーコーはマルクスを十九世紀の思想の構図の中に入れ、それを超える思想的方法を持っているのだ、と読んだというわけである。

「言葉の法則である文法論と、分類の法則である博物学と、富の分析である経済学の三つを連結して扱えばいろいろなものが扱える。普遍的な方法として拘束力を持つものとして、『言葉と物』は大変な本だと僕はそのとき感じたんです。この本は使い方によっては、レーニンの『国家と革命』とは違った形で政治について一種のバイブルになりうる。それなのになぜ否定的な評価をしたのかと考えると、やっぱり恐かったんじゃないかと思うんです。こういうものは打ち消しておいた方がいい。フーコーはそう思ったんじゃないか、というのが僕の深読みです」(『吉本隆明が語る戦後55年　第四巻　フーコーの考え方』三交社／二〇〇一年刊)

「否定的な評価」とは、フーコーが対談前に吉本に対して『言葉と物　人文科学の考古学』は失敗作であったと述べていることを指すのだが、フーコーが具体的なものへの分析に歩を進めると述べていることをも含んでいる。同書の全体的な方法についてフーコーは懐疑的になっていたのに、吉本がそこにこだわっていたことの差は今も想起する。ヘーゲル－マルクスの方法によらないでは世界の総合的な認識は不可能としていた吉本だが、これとは系譜の異なる方法がフーコーにあると見て、その両者の関連を吉本は課題として引き受けたように思う。その意味では吉本はフーコーに大きく影響を受けたことになるが、世界認識の方法(全体的な認識)に対するフーコーと吉本のこだわりの違いは印象に残った。日本人は世界認識の方法を自ら手にしたことはなく、それを過剰に意識せざるを得ないのと、自然にそれがあると見なし得る西欧人との差があるのかと思えた。世界の全体的な認識へのこだわりだが、興味深い点である。ただ、ヘーゲル－マルクスの世界認識の方法を超える事態が進行しているという点について、吉本とフーコーは一致していたのだと思う。

階級の問題

これはもう少し別の言葉で言えば「階級の問題」と言える。フーコーは七〇年代にすでにこのことに気がついていたのであろうが、日本でこれが大きく浮上してくるのは七〇年代後半から八〇年代にかけてである。階級の問題とは富の生産と貧困の生産の同時並行性の問題であり、俗には窮乏化の問題ともいわれていた。経済の先進的地域では労働者階級の窮乏化の問題は緩和化されるという事態があり、ベルンシュタイン(注6)の提起以来、問題として存続してあった。しかし、問題の転移があるだけで本質的には解決されてはいない、とされてきた。例えば、先進地域の労働者階級の中に窮乏化が緩和される現象が見られるとしても、それは先進地域(帝国主義国)の労働者階級が植民地などの超過利潤の分け前を得ているからだ、といわれてきた。要するに帝国主義の植民地支配などの超過利潤を振り分けられているからであり、買収されているからだと見なされてきたのである。

日本では外的な植民地だけではなく、農村などの二重構造の上に一部の労働階級の貧困(窮乏化)からの脱出も存在するという分析がなされてきたのである。六〇年代から七〇年代にかけての高度経済成長社会を経ての経済成長の持続は、日本社会の構造の内部で、窮乏化の構造を変容させているのではないかという意識を生み出してきた。これをどのように認識するかは別にして、この問題が浮上してきたことは疑いなかったのである。フーコーは微妙な言い方ではあるが、階級の問題が絶対的なものから相対的なものになったと述べている。この少し後だが、吉本はプロレタリア革命の問題は解決を見つつあるのでは、という感想を漏らしていたことに重なる。

七〇年代後半から八〇年代の経済の高成長がもたらした問題をどう理解するかは、ある意味では現在までも続いていることである。階級の問題という社会概念に深く関係する問題の進展は、僕らの社会イメージを解体させてきた。そしてこの解体を通して再構築するという問題を困難なままに現在にまで至らしめているように思う。経済の高成長は人々の意識を「中流」にし、「総中流」という言葉を生み出した。そして消費革命論争から消費社会論を流行らせたりもしたのである。高度経済成長時代のCM（コマーシャルメッセージ）として流行ったのは「モウレツ」（丸善石油のハイオクガソリン）であったが、これはやがて「ビューティフル」（富士ゼロックス）や「おいしい生活」(注7)に変わった。これらはただ、高度成長経済の仇花としてあったに過ぎなかったのか、現在まで形を変えて続いていることなのか判断の難しい問題だが、経済過程の変容が根源的な問題として提起されていたことは疑いない。

日本社会には近代社会（資本制社会）以前が長い段階としてあったが、現在でもそれは層としてある。柳田國男の描く常民の世界は層としてあり、その上に近代の市民社会が生成されてきた。これは農本的な世界（常民的な世界）の解体と再生産（いわゆる二重構造の再生産も含めて）の中で生成されてきたが、この市民社会の変容という事態に直面していたのである。階級問題の相対化とはこの問題にほかならなかったのであるが、これは八〇年代の吉本の思想が根底で抱えたことだった。

高度経済成長の二段階

経済の高度成長には段階があって、七〇年代前半までと八〇年代後半に至る過程とがある。後半は七〇年代前半の石油ショックを乗り越えてバブル経済の破綻に至る局面と見なし得る。前半は「モウレツ」というCMに代表させてもよく、これを吉本は水や空気が商品として登場したことに象徴させていた。古典的な経済概念では水や空気は無料で、商品価値のあるものとは考えられていなかった。マルクス的な言葉でいえば、それらは使用価値があっても交換価値はゼロと見なされていたのである。これが交換価値を持つ商品として登場し、しかも広範に広がったのは古典的な経済概念の修正を促すものだと吉本は指摘していた。生産に対して消費が重要視されることにほかならなかったのであるが、根底には生産過程の変容があった。

生産力理論という言葉があるが、生産こそがすべての源泉であって、生産力の不足と経済の貧困（矛盾）が結びつけられて理解されていた。そういう時代が長く続いていた。こうした時代にあって消費は浪費という観念と結びつけられていて、なるべく抑えるべきであり、節約された消費の余剰は貯蓄を通して生産に回されるべきであるという経済通念が支配していた。消費の抑制（節約）は社会的な善（美徳）と見なされ、背後には生産力の拡大が結びついていたのである。経済の高度成長とは生産過程の拡大であり、高度化であった。だから、六〇年代に経済の高度成長が提唱された時に出てきた批判や懸念は、急速な生産の拡大が過剰な消費を呼び起こし、消費の節約＝貯蓄＝生産への投資という経済の循環を破綻させるというものだった。これは文字通り懸念に終わったのだが、経済の高成長とはなによりも生産の高度化であり、機械化と深く結びついていた。

例えば、僕の実家は主にコメとミカンを生産する専業農家であった。五〇年代は家族労働を主とする生産様式（形態）をとっていた。アジア的な農業形態の典型であり、農繁期には僕も駆り出されて農作業を手伝っていた。農家としては貧しい方ではなかったであろうが、これ以上の生産の拡大は無理だろうと思っていた。家族労働の限界を見ていた。当時は農業の機械化など不可能と思えたからである。六〇年代に入り農業は急速な機械化が進む。想像外のことだったが、農業ですらこうした状態になっていったのであるから、重化学工業などの第二次産業では機械化（技術革新）による生産の拡大は想像以上のスピードで進んだのである。

十九世紀的な貧困に変わる精神的な病

七〇年代の生産力の拡大は、対外的には日本の産業競争力を押し上げ、八〇年代の日米経済摩擦を生み出し、生産過程の変容を生み出していく。農業では家族労働が機械化で軽減、短縮されていく。専業農家が少なくなり、兼業農家が増えていくが、農作業の期間が全体として短縮され、作業の速度も速くなった。親族などの共同労働としてあった田植えなどは機械を導入しての作業になり、長い時間を要した収穫作業も短縮された。農作業と季節の関係も変わっていくように現象した。農業とともに連綿と続いてきた多くのものが失われていく過程でもあった。過酷であったが、肉体労働の持つ牧歌性もあったが、それも失われる。

第二次産業経済の過程では、生産過程の高度化は労働過程の機械化が進むと同時に、その生産過程の時間が短縮されたのである。産業全体として見れば、ある製品の生産から消費にいたる循環の速度が速くなっていった。歴史的な時間の流れが速くなったといわれることの根底には、こうしたことが存在したのである。第二次産業を中心とする生産過程の高度化の実態はこうだったが、基本的には社会の決定要因が生産の現場から消費の現場に変わっていくこととしてあり、吉本は消費産業の拡大という指標で分析していた。

吉本は生産から消費への転換というように捉えているが、生産と消費を対立的には見ていない。彼は消費を遅延された生産と見ることによって生産概念が変容しているのだとした。人間と自然との関係が人間の再生産であるなら、この中には生命の再生産も含まれるわけで、狭義の生産は再生産の一部であり、消費も再生産の一部である。狭義の生産に人類がその富と力を注がざるを得なかったのは人類史の制約であり、その解放は再生産の構造の変化となって現れる。狭義の生産から消費という生産の拡大は必然であり、それ自体は肯定的に考えられるというのが吉本の考えだった。生産優位の社会から消費優位の社会を対立的にではなく、生産概念の変容（構造的変化）として考えるという対立的見方を止揚しようとしたのだ。

狭義の生産優位の段階の社会にあっては、この段階に特有の価値概念がある。もちろん、人間の生産にまつわる価値概念と心的（精神的）な価値概念は即時的な対応をしない。生産優位の段階に対応する価値概念の問題は問われるが、生産優位の段階の価値概念に捉われていなかった。

前述した貧困と悲惨の問題は階級の問題でもあったわけだが、これは狭義の生産の生み出す問題でもある。この解決は生産力の拡大が不可避であり、そのためには社会主義が必要という理念があった。資本主義は高度成長によって、貧困と悲惨の問題を全面的とはいえないが、ある程度解決した。八〇年代において、階級の問題がある程度は解決がついたと人々が考える感性的な基盤は広がったといえる。この問題は高度成長以降の停滞過程の中で格差や貧困の登場としてあり、検討は要するが、この段階ではこうした意識が広範に浸透していたと見なさなければならない。

この過程で吉本が注目していたのは、十九世紀的な貧困に変わる精神的な病であった。これは社会的な関係の病（関係障害）であるが、これを吉本は生産過程の高度化が生み出す産業循環の速度の速さ、あるいはそれが生み出す歴史的な流れの速さに根拠づけていた。十九世紀的な貧困から社会的な適応障害へというのが吉本の指摘していた矛盾である。この矛盾は歴史段階の生み出す矛盾でもあった。

アルチュセールの重層的決定論への吉本の対抗

経済の高度成長は、一般的な概念としては資本主義の高度化という言葉で表されていたが、この高度化は発展一般ではなく、資本主義のイメージ（像）や概念の変容として現象した。プロレタリア像から社会像にいたる古典経済概念の修正、別の言葉でいえば解体を迫るものであった。根底には生産概念の変容、消費概念の登場があった。吉本は、消費を遅延された生産として生産概念の中に繰り込みながら、その変容を捉えようとした。超資本主義という概念はそれを示しているが、分析方法として政治経済学や社会経済学に対して産業経済学的な方法を提起している。多分にフーコーの影響が感じられるが、経済過程のより自然史的な析出を試みたものであったといえる。また、価値法則の問題に贈与価値を提起した。高度成長過程の中で、古典経済学的な社会像が解体を迫られることを、多くの人は何らかの形で気づいてはいたのだと思う。古典経済学的な像の中にはマルクス主義的な像も含まれることはいうまでもない。この問いはバブル経済の崩壊以降の経済的停滞の中で混迷しているが、今日まで続いている。経済の高度成長過程は特殊な過程であり、そこで生じたことは普遍化できないという立場も含めてである。

吉本は幻想過程というべき領域に多くの思想的な関心を寄せてきた。幻想域という言葉でも表せる。高度成長期での幻想的な世界の問題に関心が寄せられ、『マス・イメージ論』などの著作や、激しい批判を伴った『「反核」異論』なども公刊した。埴谷雄高や大岡昇平などとの論争も展開された。吉本は幻想過程を経済過程に還元されるのではなく、幻想域として独自展開をなすものであるとしていた。この頃出版した本の題名に『重層的な非決定へ』（大和書房／一九八五年刊）と名づけられたものがある。アルチュセールの「重層的決定」に対抗したものであり、吉本の立場をあらためて表明したものである。ただ、吉本は『共同幻想論』の中でこうも述べている。

「そういう幻想領域をあつかうときには、幻想領域を幻想領域の内部構造として扱う場合には、下部構造、経済的な諸範疇というのは大体しりぞけることができるんだ、そういう前提があるんです。しりぞけるということは、無視するということではないのです。ある程度までしりぞけることができる。しりぞけますと、ある一つの反映とか模写じゃなくて、ある構造を介して幻想の問題に関係してくるというところまでしりぞけることができるという前提があるのです」（吉本隆明著『共同幻想論』序）

上部構造と下部構造の関係論（還元的・決定論的関係論）に強く影響を受けてきた僕らには、「しりぞけることができる」とか、「ある構造を介して幻想の問題に関係してくる」ということの理解が難しかった。だから、この後者の箇所は何度も読み直し、考えてきた記憶がある。吉本が高度成長以降の幻想領域の析出の中では、このことが意識されていたように思われる。アルチュセールの「重層的決定」に対して重層的非決定と対抗しながらも、こういう変化はあったように思う。

連合赤軍とサブカルチャー

七〇年代後半から八〇年代にかけて、幻想領域ではサブカルチャーの時代だといわれてきた。サブカルチャーとは正統的な文化に対する副次的な位置にある文化、かつてならそう考えられてきたものである。正統的な文化が停滞と解体の中にあって、サブカルチャーと呼ばれてきたものがその位置に取って代わるような現象が出てきたといえる。この兆候は以前からあった。よくいわれるが、大学生たちが「マンガ」を読むのが広がったようなことである。このところは安保世代（六〇年安保闘争を担った世代）と全共闘世代との違いとして出てきていたことでもあった。知的大衆とでもいうべき層における変化であり、全共闘世代はその過渡にあったと思われる。

大塚英志の(注9)『「彼女たち」の連合赤軍　サブカルチャーと戦後民主主義』（文藝春秋）はこの辺りのことにスポットをあてている。この本は九六年に出版している。だからある程度の時間的な距離をとって分析しているが、消費社会、あるいは情報化社会の進展が媒介されているといえよう。

永田洋子も含めて、連合赤軍の兵士たちの意識（表出感覚）はサブカルチャー的なものであるとする。かつて安保世代においては現存する自由や民主制の感覚と呼ばれてきた表出意識（表出感覚）が、より進展した形で存在したものといえる。だが、戦後世代のこの意識（感覚）はマルクス主義も含めた正統的な文化との格闘を余儀なくされ、粛清劇に出会ってきたといえる。連合赤軍事件や内ゲバは左翼運動の内部において現象したサブカルチャー的なものの粛清劇であり、永田洋子は自らを殺したのであり、正統文化（マルクス主義）への幻想が自らの意識（存在）を殺したのである。これはマルクス主義の権力観（フーコー的に言いえば）が、幻想についての認識（吉本的にいえば）がもたらしたものである。安保世代から全共闘の世代に流れてあった戦後民主主義（表出感覚）やサブカルチャーの意識、そこから出てくる反抗の意識を自立にではなく、マルクス主義の意識の方にしか導き得なかった結果がここにはあるのだろうが、注目すべきは大塚にとって連合赤軍の理念（言葉）は記号としてしか読めないと語っていることである。これはサブカルチャーの時代に正統文化としてのマルクス主義の理念（言葉）は記号であり、ある意味で解体から死後への道を進めていたことを意味する。精神の動きを内在する言葉ではなくなっていったのである。精神的な重量が空になっているのだ。

サブカルチャーの時代の根底には何があったのだろうか。人間が幻想（理念）を生命とする大量生産体制を出現させたということである。情報の高度化はその一つの表現である。幻想の過剰生産の時代に入ったことが、経済の高度成長に関係しているのだろうが、何を意味するのだろうか。吉本のこの時期の関心もそこに向けられていた。

カフカの「変身」分析

神保町の古本屋街は今でもよく出かけるが、文化の中心というイメージはなくなった。本の影響力は、文化のサブカルチャーへの移行を象徴させることができる。『「彼女たち」の連合赤軍　サブカルチャーと戦後民主主義』の中で大塚英志は、左翼言語を記号としてしか読めないと書いていた。それは精神的な、こころの動きとしては読めないということであり、ある意味では彼にとって死語としてあるということでもある。

七〇年代後半から急速に広がったのは意識空間（幻想域）の変容であり、正統文化がサブカルチャーに主役が取って代わられていくのはその象徴であった。意識における空虚の深化であり、中心軸なき意識の拡大であった。集中から拡散へという戦後のナショナリズムの形態としてよく指摘されたが、もはや拡散という概念では捉えることが不可能になった。意識形態の変容はこれまでの概念では捉えられない、新しい時代の到来を感じさせるものであったために、その認識と理解には自己の依存してきた方法の解体をかけて挑む以外には手のないものだった（自分たちの言語が通用する帯域に住人として立て籠るのを別にすれば）。意識（幻想）の動き（流れ）に自己解体を迫られるものとして現象した。

その意識の流れというか、動きに対応するのにどうしていいか分からなかった。当時、僕は時評のような仕事をしていた。毎月送られてくる雑誌などを読んではいたが、何かが違うと呟いて佇んでいたように思う。この思いは現在まで続いている。

吉本の『マス・イメージ論』も当時、一通り読んだが、とても難しい本だと思った記憶がある。吉本の本の中でもその印象の強かったものである。

意識（幻想）の領域が経済の高度成長に対応するように拡大し、流れが速くなり、僕らは意識の変容として感受していた。吉本は現在という共同幻想（集団意識）の析出としてこれをやろうとしたのだが、成功したとはいえないかもしれない。今という時代の分からなさの起源がこの頃にあり、今をまだ現在という概念で析出する多くのヒントがあることは間違いない。時代の方からこの本の読めるようになることもあるのではないか。

この本の冒頭に「変成論」と名付けられたカフカの（注10）『変身』（高橋義孝訳、新潮文庫／一九五二年刊）の分析がおかれているのは興味深い。彼は意識（幻想）の加速的な拡大と変化を世界の変成として捉えている。世界の変成状態でのありようとしてカフカの「変身」を取り上げているのだ。世界の変成に対応できない、あるいは対応した人間が精神分裂的に現れるほかない状況を象徴させてもいる。生産過程の変容を生産の循環の速さとし、そこから発生する適応症の問題を指摘していることと関連するといえるだろうか。「変成のイメージは現在が人間という概念の上に付加した、交換不可能な交換価値なのだ」（『マス・イメージ論』の「変成論」）。

「近代的思考」について

『マス・イメージ論』で吉本が繰り返し展開しているのは、これまでの概念では現在の認識や理解が不可能であるとしているところである。そのためにつぎのような方法を取った、と記している。「カルチャーとサブカルチャーの領域のさまざまな制作品を、それぞれの個性のある作者の想像力の表出としてより、『現在』という大きな作者のマス・イメージが産みだしたものとみたら、『現在』という作者ははたして何ものなのか、その産みだした制作品は何を語っているのか。これが論じてみたかった事柄と、論じるさいの着眼であった」（『マス・イメージ論』のあとがき）。

現在という大きな作者という言葉は、『共同幻想論』の「共同幻想の逆立」からは理解しやすいのだが、逆立論が大きな反発に遭遇したことを考えると難しいのかもしれない。共同意識（集団的意識）は個人意識の集合という面があるが、同時に個人意識を超えて向こうから個人にやってくる面もある。「現在という作者」は、歴史的な流れの中にあって現在を構成する意識という面が考えられているのであり、個人意識の延長上ではつかめない。個人意識で全てが理解できるという近代的思考そのものでは、現在という世界には届かないところがあるのだ。現在の認識や理解が僕らに難しいのは、その時間的な流れが速いこともあるが、僕らが無意識も含めて自己意識の延長上で現在が捉えられるという近代的思考が関わっている。意識が時代に向かって開いていくには思考方法を変えなければならないのだ。

『マス・イメージ論』で大きな位置を占めるのは「停滞論」である。停滞という形で批判的に展開されているのは、反核運動などであり、『「反核」異論』として大きな論争にもなった。埴谷雄高や大岡昇平との論争にもなったことに関連するが後述する。

『マス・イメージ論』は比較的分かりやすい項目と難解な項目とがある。「停滞論」「差異論」「喩法論」などは比較的分かりやすいかもしれない。「差異論」では、革命的であるという概念は政治制度の世界でも文学の世界でもなくなってしまった、と指摘されている。納得のいくことである。だから、今でも革命的であると思っている面々は、古びた記憶や仲間同士の繰りごとに退行している。革命的になり続けることだけが可能で、そのためには根本的な差異線を探せと指摘される。「〈科学的〉ということと〈信〉とは同時に二重に否認されなくてはならない。そこでだけ差異線は引かれる身体」

（『マス・イメージ論』の「差異論」）。これは理念的宗教と宗派的政治のことであり、現在の党派のことである。差異線を引くことと党派の否認は同じである。何らかの運動に関与すればすぐに気がつく。「喩法論」は女流詩人などを取り上げているのだが、「喩は現在から見られた未知の領域、そのきたるべき予感に対して、言葉がとる必然的な態度のことだ」（『マス・イメージ論』の「喩法論」）。言葉が意味を失い、失語状態にあることを超えうるものは現在では喩でしか可能ではない。表出感覚は喩という形で現れることが不可避であり、言葉の現在は今もこれを超え得ていないと思う。

「停滞」の自覚

いつごろだったろうか、新宿にあった「詩歌句」という飲み屋で久しぶりに埴谷雄高にあった。詩歌句は伊東聖子さんがやっていたバーだった。文壇バーといわれたものの一つだったのだろうが僕は初めてだった。若いころに埴谷家に何度かお伺いしたこともあったが、それ以来だった。僕は当時、雑誌『乾坤』（乾坤社）を出していて、名刺代わりに差し上げた。そこで、ちょっとした政治的な話題になって、三上は吉本派だという埴谷の言葉が記憶に残っている。何カ月か後に埴谷は雑誌『世界』で大岡昇平との対談でこれを取り上げていた。この対談はやがて『大岡昇平・埴谷雄高 二つの同時代史』（岩波書店／一九八四年刊）という本になるが、埴谷・大岡と吉本の論争にもこの箇所は取り上げられていた。『乾坤』と吉本が出していた『詩的乾坤』の混同を正していたに過ぎないが、この論争は左翼的知識人に大きな波紋を投げかけた。正統左翼の解体をめぐる象徴的な論争と言えた。八〇年代の論争としてよく知られている吉本・埴谷論争は、『マス・イメージ論』の中の「停滞論」に含まれる。七〇年代後半から八〇年代の高度経済成長時代に対応するように幻想域（政治・文化域）ではサブカルチャーが全盛期になり、正統文化は解体と減衰の時代にあった。まだ高度情報化社会という言葉は使われていなかったが、意識（幻想）の過剰化とその生産のスピード化は速まっていた。新しい時代の予感を促されながら、それを見通すことのできるビジョンや理念が六〇年代からあったが、それがもう一段深化しただけでなく、質を変えたようにさえ思えた。

つまり、六〇年代の過渡という意識には世界や歴史へのとっかかりの意識（方法的な世界認識の可能性）が残っていたように思えたが、それも危うくなっていく感がした。拡散とか空虚という言葉にしても同じで、それが時代を表現する喩としては違った風になってきていた。僕らは慣れ親しんだ帯域の中に閉じこもって思考し、時代に向き合うほかなかった。日常的な判断や言葉が混迷しているというよりは、全体として何が生じ、どこに向かっているのか分からず不安は深まるばかりだった。幻想域の膨大化と流れのスピード化で、全体的なことの関わりを促されながら、言葉はむしろ解体して失語の感覚は深まるように思えた。この停滞を停滞として自覚し、それを超えようとする思想的な営みならともかく、怪しげなものも出現する。大衆的な支持を受けてである。これに対して疑念の目を向けたのが「停滞論」ということになる。

幻想と世界の恐ろしさ

「停滞論」で吉本が指摘したかったのは何だろうか。時代の変化の速さと解体の中で、その不安と危機に対してある時代の思想を復権させようとする動きであった。反動という言葉を使えばいいのだろう。停滞そのものは時代の必然であるが、この停滞を破るかのように出てくる運動や思想はよく見極めなければならない。

その一つとして出てきたのが反核運動であった。大きくいえば、六〇年からの独立左翼運動の状況が象徴する反権力運動の停滞の中から出てきたものであった。アメリカのレーガン政権の対ソ核包囲網の動きに端を発したソ連側の対抗運動として出てきた熱核戦争の危機と批判に対応したのが日本の「反核運動」だった。吉本のこの運動への批判は二つあって、一つはこれがソ連側から出てきたものであり、まだ米ソ対立の残る時代でのソフトスターリン主義の党派的運動だということだった。米ソを等しく対象にした反核運動を吉本は提起していたのだが、この反核運動がソ連圏の崩壊で消えてしまったのを見れば、吉本の主張は正当だった。もう一つは、この政治的主題（熱核戦争の危機）に対する疑念であった。吉本にはこの頃書かれた『空虚としての主題』（福武書店／一九八二年刊）という本があり、政治や文学での主題の喪失が論じられているが、幻想域で現れた指示表出の言葉の解体状況を指摘していた。主題の空虚化の自覚もないものとしてこれはあるというものだった。少し前に清水幾太郎[注11]が「核の選択」（日本の核武装）を主張し、福田恆存[注12]などと論争をしていたが、これも空虚な主題の展開の一つといえた。

サブカルチャーの波に解体を迫られた正統文化としての左翼の解体状況、その停滞に対する政治的な表現が「反核運動」だったが、これは予期せぬ新しい時代の予感に対する逃避であって、意識された遁走とも違うものであった。反核運動に随伴していた中野孝次[注13]の『清貧の思想』（草思社／一九九二年刊）も同時に批判されていた。ここでの問題は、「反核運動」にはもう一つ、原発問題とエコロジーがあった。吉本の思想的な対応は政治的な「反核運動」とは別のものであったが、多くの論議を呼ぶものでもあった。僕はこの点については後述する『ハイ・イメージ論』で触れたいと思う。

「停滞論」ではもう一つ、ベストセラーとなった黒柳徹子の『窓際のトットちゃん』（講談社／一九八一年刊）を取り上げていた。この核心を吉本は著者に強固に保存された戦前の「トモエ学園」の自由教育の理念と、豊かで恵まれた自由主義の庭訓や家族の雰囲気に対する郷愁のようなものの記憶としている。「そこで現在の停滞が膨大な読者に振り返らせる理念の郷愁としてこの作品は存在する」（『マス・イメージ論』の停滞論）というわけだ。吉本はリベラリズムの基盤である市民社会が、国家の管理と調整のもとに絶えずさらされてある他ないから、逆説的にこういう郷愁が出てくるのだと指摘する。

大原富枝[注14]の『アブラハムの幕舎』（講談社／一九八一年刊）を取り上げ、現在の崩壊しかかった家族の状況を指摘している。幻想域の中で家族（対幻想）の世界もまた停滞にあって、そこからの脱出の試みがなされている。その表現として「イエスの方舟」(注15)をモデルにしたこの作品は好意的に評されている。停滞は時代強いる必然だが、それとどう向かいあうかはいつも大変だ。一つ間違えば知らず知らずのうちに反動のほうに誘われてしまう。これが幻想と世界の恐ろしさでもある。

（注1）**埴谷雄高**　一九〇九年台湾新竹生まれ。評論家、小説家。二八年日本大学予科に入学するが、三〇年に中退。プロレタリア科学研究所農業問題研究会を経て、農民闘争社に入社し、月刊誌『農民闘争』（農民闘争社）の編集・発行に携わる。三一年共産党に入党。翌三二年に逮捕され、獄中でカントの『純粋理性批判』を読む。翌三三年に転向上申書を出して出所。四六年に文芸評論家の平野謙らと文芸雑誌『近代文学』を創刊し、「死霊」の連載を開始。六〇年安保闘争ではデモ隊と国会に入る。七〇年『闇のなかの黒い馬　夢についての九つの短篇』（河出書房新社／一九七〇年刊）で谷崎潤一郎賞を受賞。七六年「死霊」（第一章～第五章）を定本『詩霊』（講談社）として刊行。同書が日本文学大賞を受賞する。八一年に吉本隆明と第二次「政治と文学」の論争。一九九七年死去。行年八十七歳。「死霊」は第九章まで書き継いだが未完作に終わった。

　吉本隆明は自著『私の戦争論』（ぶんか社／一九九九年刊）で「大江健三郎・中野孝二・晩年の埴谷雄高など左翼はずっと「戦争はダメ」「自分たちは平和主義者」と主張してきたが、それは「戦争自体がダメ」という観点とはまるで違い、そのことでいえば大江・中野・埴谷は全て落第と評価している。大江・中野・埴谷がやった反核運動で主張したことは、日本の米軍基地にアメリカの核兵器が持ちこまれ「けしからんから反対」ということだけであり、日本に照準を定めているソ連の極東地区の核弾道ミサイルのことは何もいわなかった。社会主義のソ連は平和主義でいい国だけど、資本主義のアメリカは悪い国だという、ご都合主義・政策的・戦略的な平和主義が根底にあり、それは「戦争自体がダメ」という本当の意味での平和主義の模倣にすぎず、大江・中野・埴谷は「戦争はダメ」「平和を守れ」と主張するが、戦争になれば、それまでの主張は忘れて、戦争を革命の絶好の好機と考え方を変えるに決まっている」と批判した。

（注2）**「いま、吉本隆明25時―24時間連続講演と討論」**　一九八七年九月十二日十四時から九月十三日十四時まで、東京・品川のウォーター・フロントにある寺田倉庫のT33号館四階で、吉本隆明・三上治・中上健次三氏主催で「いま、吉本隆明25時―24時間講演と討論」と題するイベントが行われた。その全体を可能なかぎり再現した『いま、吉本隆明25時―24時間連続講演と討論・全記録』が、翌八八年に弓立社から刊行された。

（注3）**ミシェル・フーコー**　一九二六年フランス共和国ポワチエ市に生まれる。哲学者。六〇年代から突然の死に至るまで構造主義後の現代思想を領導した。代表作に『言葉と物　人文科学の考古学』（新潮社／一九七四年刊）『狂気の歴史　古典主義時代における』（同／一九七五年刊）『監獄の誕生　監視と処罰』（同／一九七七年刊）などがある。

（注4）**『琉球弧の喚起力と南島論』**「南島論」から十数年、吉本隆明はついに沖縄の地に降り立った。吉本は、一九八八年十二月二日に開かれた第一回『文藝』シンポジウム「吉本隆明を聴く　琉球弧の喚起力と『南島論』の可能性」（那覇市沖縄タイムス・ホール、主催＝『文藝』沖縄実行委員会、後援＝尚学院・沖縄タイムス社）で基調講演。パネルディスカッション「それぞれの南島論」（吉本隆明・赤坂憲雄・上原生男・比嘉政夫・嵩元政秀・渡名喜明・高良勉）、総括評論「南島論、あらたなる胎動」

が季刊『文藝』（八九年春季号）に掲載。さらに翌八九年七月、『琉球弧の喚起力と南島論』（河出書房新社）として出版された。

（注5）**浅田彰**　一九五七年兵庫県神戸市に生まれる。批評家。京都造形芸術大学大学院学術研究センター所長。京都大学人文科学研究所で助手をしていた八三年、にフランス現代思想を解説した『構造と力　記号論を超えて』（勁草書房）を出版してベストセラーとなった。著書に『逃走論　スキゾ・キッズの冒険』（筑摩書房／一九八四年刊）『ヘルメスの音楽』（同／一九八五年刊）などがある。

京都大学助教時代の浅田が、『文藝春秋』（一九九九年六月号）で「戦後の日本は、イギリス型のエリート教育のよさを失う反面、アメリカ型の大衆教育の風通しのよさも獲得できなかった。その結果として、エリートらしいエリートは生まれてこなくなってしまったし、かといって受験戦争から落ちこぼれる自由もなくなってしまった」との発言。吉本隆明は「その考え方に、僕はまったく反対です。浅田彰、柄谷行人、蓮見重彦の三人を、僕はよく〝知の三バカ〟といってますが、そんな発言を聞くと、〝三バカ〟の一人がいよいよスターリン主義者としての本性を現してきたな、という感想しか持ちえない。（中略）それは〝支配者の論理〟です。階層化を必然的に招くし、ちっとも大衆のためにはなりません。その考え方が極まったのがソ連や中国です。学問の分野でも、スポーツの分野でも、ソ連や中国の為政者がやったことは徹底したエリート教育です」（『超「20世紀論」』上巻（アスキー／二〇〇〇年刊）と評している。

さらに吉本は、浅田の「学生の学力がここ一〇年くらいで劇的に落ちている。文部省は権威主義的な詰め込み教育を維持したほうがよかった」との発言に対し、「最近の学生の学力のレベルが低いというより、むしろ、浅田彰のレベルが低い、というべきじゃないでしょうか。浅田彰は、専門だという理論経済学の分野でも、学者としてちっとも優秀じゃないですよ」（同）と厳しく評している。

（注6）**ベルンシュタイン**　エドゥアルト・ベルンシュタイン。一八五〇年ドイツのベルリンに生まれる。社会民主主義理論家、政治家。一八九六年から修正主義の理論を展開し、フレードリッヒ・エンゲルスの死後、ドイツ社会民主党内部の修正主義論争に発展する「社会主義の問題」と題する一連の論文を発表。古典的マルクス主義を批判し、労働者階級の生活改善と中産階級の発生を根拠に革命不要説を唱えた。一九三二年死去。行年八十二歳。

（注7）**「おいしい生活」**　一九八二年にコピーライターの糸井重里が考案した西武百貨店のアドバタイジングスローガン（キャッチコピー）。このキャッチコピーが世に出た数年後の八〇年代半ばからバブル経済が始まる。しかし、九〇年初頭のバブル崩壊とともに「西武王国」は崩壊へと向かう。なお、糸井が手掛けた同百貨店のキャッチコピーには「じぶん、発見」（八〇年）、「不思議、大好き。」（八一年）がある。

（注8）**大岡昇平**　一九〇九年東京市牛込区（現・東京都新宿区）に生まれる。小説家、評論家、翻訳家。四四年に召集され、フィリピンのミンドロ島に赴く。翌四五年に米軍の捕虜となり、レイテ島タクロバンの俘虜病院に収容される。四九年、戦場の経験を書いた「俘虜記」（『文學界』一九四八年二月号所収）で横光利一賞を受賞。代表作に『武蔵野夫人』（新潮社／一九五〇年刊）『野火』（創元社／一九五二年刊）『花影』（中央公論社／一九六一年刊）『レイテ戦記』（全三巻、中央公論社／一九七一年刊）などがある。一九八八年死去。行年七十九歳。

（注9）**大塚英志**　一九五八年東京都田無市（現・西東京市）に生まれる。批評家、民俗学者、小説家、漫画原作者、編集者。代表作に『サブカルチャー反戦論』（角川書店／二〇〇一年刊）『サブカルチャー文学論』（朝日新聞社／二〇〇四年刊）などがある。評論・思想では江藤淳、柳田國男、三島由紀夫、吉本隆明などに影響を受けた（『江藤淳と少女フェミニズム的戦後　サブカルチャー文学論序章』筑

摩書房／二〇〇一年刊）としている。

（注10）**カフカ**　フランツ・カフカ。一八八三年オーストラリア＝ハンガリー帝国領プラハに生まれる。作家。生前の一九一三年に執筆した『変身』（高橋義孝訳、新潮文庫／一九五二年刊）、死後に発表された『審判』（本野亨一訳、角川文庫／一九五三年刊）『城』（原田義人訳、角川文庫／一九六六年刊）など、人間存在の不条理を主題とするシュルレアリズム風の作品群を遺し、現代実存主義文学の先駆者とされる。一九二四年死去。行年四十歳。

（注11）**清水幾太郎**　一九〇七年東京市日本橋区（現・東京都中央区）に生まれる。社会学者、評論家。『日本よ国家たれ　核の選択』（文藝春秋／一九八〇年刊）で反米という観点から平和運動を批判、核武装の主張をめぐって政治学者の猪木正道らと論争。さらに親交あった福田恆存（注12参照）にも批判される。一九八八年死去。行年八十一歳。

（注12）**福田恆存**　一九一二年東京市本郷区（現・東京都文京区）に生まれる。評論家、翻訳家、劇作家、演出家。保守派の論客として『正論』（産業経済新聞社）や『文藝春秋』（文藝春秋）『諸君』（同）などに寄稿。代表作に『藝術とはなにか』（要書房／一九五〇年刊）『人間・この劇的なるもの』（新潮社／一九五六年刊）などがある。一九九四年死去。行年八十二歳。

（注13）**中野孝次**　一九二五年千葉県市川市に生まれる。作家、ドイツ文学者、評論家。カフカ、ギュンター・グラスなどの翻訳に携わり、日本文学の批評、小説、エッセイなどの執筆活動を続けた。九二年、西行や良寛の簡素な生き方から日本人の生活を問い直した『清貧の思想』（草思社）を刊行し、ベストセラーとなった。二〇〇四年死去。行年七十九歳。

（注14）**大原富枝**　一九一二年高知県長岡郡吉野村寺家（現・本山町）に生まれる。小説家。六〇年に『婉という女』（講談社）で毎日出版文化賞、野間文芸賞を受賞、七〇年に『於雪　土佐一條家の崩壊』

（中央公論社）で女流文学賞を受賞した。二〇〇〇年死去。行年八十七歳。

（注15）**イエスの方舟**　一九七九年から翌八〇年にかけて、千石剛賢が主宰する聖書研究会が母体となった信仰集団「イエスの方舟」がマスコミによってバッシングされた事件。千石は研究会の会員と東京都国分寺市へ移動し、「極東キリスト集会」を主宰して共同生活を始め、会の名称を「イエスの方舟」とした。この頃から家庭に居場所がないとする人々が活動に共感し、家庭を捨てて共同生活を始めるようになる。その後、千石の体調が悪化し、満足な布教ができなくなったことを理由に、七八年から千石は信者らとともに全国を転々とし始める。信者の家族は捜索願を出すなどの騒ぎになり、『婦人公論』（中央公論社）が「千石イエスよ、わが娘を返せ」のタイトルで家族の手記を掲載。『産経新聞』も反イエスの箱舟キャンペーンを張り、千石を邪教の主宰者と糾弾した。こうした世論の中、『サンデー毎日』（毎日新聞社）だけがイエスの箱舟を偏りなく、冷静な報道を続けた。

第七章　再び、中上健次をめぐって

『枯木灘』の達成と危機

『枯木灘』が中上の作品の中で最高傑作と評する人が多いことは前のところで記したが、秋幸三部作の最終作と言われる『地の果て　至上の時』までにはかなりの時間が経っている。『岬』から『枯木灘』への展開を考えてのことだが、ある意味では『地の果て　至上の時』の後ということに関わることかもしれない。高度成長とサブカルチャー興隆の時代の中で、彼の文学的表出の感性的基盤が解体にさらされ、否応なしに内的な危機に直面したということにほかならない。彼は『枯木灘』の達成が、同時に文学的な内面の危機を深めていることに自覚的であったと思う。これは彼が戦後生まれで最初の芥川賞作家として評価や地位が確立していくのとは関係ないことだった。中上はこの期間に優れた作品を残してはいるが、彼の内面はとても苦しい時期であったと考えられる。この時期にノイローゼ状態に陥ったことがあると告白している。うつ状態にあったという指摘もある。外観的には中上の行動形態や振る舞いは変わらなかったのかもしれないが、内面的には危機感にさらされていたと思える。

七〇年代後半から八〇年代前半の時期、中上はさまざまな試みをやっている。七七年の春から頻繁に渡米し、七九年には一時、ロスアンゼルス郊外に移り住むが長く続かなかったようだ。彼のアメリカへの関心は高く、後に石川好[注1]との対談『アメリカと合衆国の間』(時事通信社/一九八七年刊)を出版する。この本は後に触れるが、出版化は僕が企画した。彼のアメリカ行きは時代的、あるいは都市的なものをつかみたいということだったのだろうが、成功したとは言えない。

また、韓国にもしばしば出かけている。『東京新聞』掲載のルポルタージュ(「風景の向こうへ韓国の旅」)が最初らしいが、八一年には長期滞在し、『地の果て 至上の時』を書き始めている。中上は時代の変貌に対応しようとしたのであろうが、アメリカと韓国との関わりの差異は興味深いところだ。また、紀州に生活も含めた活動拠点を設定している。彼は熊野市に活動場所をつくり、転々としていたが、故郷の「路地」の解体、消失という事態に立ち向かっている。中上の生まれ育った和歌山県新宮市の被差別部落春日で地区改良事業の基礎調査がはじまり、翌年には春日に改良住宅が建設される。「見た目には、路地の解体はもう止めようもなかったのである」(守安敏司著『中上健次論 熊野・路地・幻想』解放出版社/二〇〇三年刊)。これが彼に与えた影響は大きい。

中上は差別問題への言及も始めている。野間宏[注2]・安岡章太郎[注3]との鼎談「市民にひそむ差別心理」(『朝日ジャーナル』朝日出版社/一九七七年三月号所収)で言及。そして、これを契機に熊野・紀州を舞台とする作品も展開される。さらに、七八年には「部落青年文化会[注4]」を組織し、何回かにわたって講座を開いた。彼は近代の正統文化や物語に、感性的基盤を意識に掘下げ、それに依拠することで対抗しえたにしても、サブカルチャー的なものへの対応には戸惑いのようなものを持っていたとも推察される。

『鳳仙花』について

中上は酒を飲み始めると書けないと言っていたから、いつ、どこで書くのだろうと思ったことがある。彼とよく飲み歩いたころに得た感想であった。中上の行動と文学的な表出感覚には独特のものがあり、そこは今、彼の作品を読んでいても感じる。『枯木灘』から『地の果て　至上の時』までの間に、彼は『鳳仙花』（作品社／一九八〇年刊）、『熊野集』（講談社／一九八四年刊）、『千年の愉楽』（河出書房新社／一九八二年刊）、『紀伊物語』（集英社／一九八四年刊）などを書いている。さらに対談やエッセイなどを含めればもっと多彩になる。

ここでは『鳳仙花』から見てみたい。この作品は実の母ちさとをモデルにした作品と言える。中上の作品の中でも上手く系譜づけられないと言われるが、もちろんフィクションである。ある時、中上と話していたら、母親のところに花束を持ってくる奴がいるのだよ、何を考えているのか、と言っていたが、それだけこの作品がある意味ではよくできている、ということなのだろう。中上の小説がどんなに私小説的に見えようと、それは彼の想像力の産物であり、モデルと実在とは違うものだが、読者が同一と錯誤するのはそれだけ作品が優れているということである。

この作品は波乱の人生を生きた主人公フサの物語であるが、影のようにある秋幸の物語でもある。かいつまんで言えば、フサは紀州の南の古座に生まれた利口な娘であったが、十五歳の時に新宮の材木商に奉公に出る。そこですぐ上の兄の朋輩である勝太郎と知り合い結婚する。五人目の子供が生まれた昭和十六年の秋に勝太郎は急死し、女手一つで子供を育てたが、末の子供は亡くなり、秋幸の父である浜村龍造と出会う。龍造が刑務所に入っている間に秋幸を生むが、龍造には他に女がいることを知って別れる。やがて竹原繁蔵と結婚することになる。これらはある意味で中上の小説に繰り返し出てくるものであるが、『枯木灘』の前の秋幸の幼児時代が描かれているところが目新しいと言える。この母物語を中上は次のように述べている。

「この鳳仙花というのは、単に韓国だけの花じゃなしに、東南アジア一帯に咲いている花なんですよ。そういう意味では母権思想とか、農耕とか、水と火に対する信仰とかいう、その象徴みたいなものとして、僕はタイトルをつけたんですよ」(『東洋に位置する』中上健次と尹興吉の対談、作品社/一九八一年刊)。中上は少し解説しすぎかなとしながらも、母権的な存在をイメージして、と述べている。母権思想というよりも、中上の母親との関係における欠如も含めた意識の希求が色濃くあると言うべきかもしれない。無意識の方に意識の世界が向かわざるを得なくなっている現在を象徴しているとも言える。古代と母親との原初の関係は重なるところがあるからだ。その意味でこの小説の最後の方の場面、つまりフサが秋幸を入水自殺に誘おうとした場面は考えさせられる。中上と母との関係を暗示しているからだ。

原基としての被差別部落

中上健次の七〇年代後半から八〇年代前半は、作品的に言えば『枯木灘』から『地の果て　至上の時』までだが、内面的には苦しい時期だったと推察される。彼は作家としては『枯木灘』の成功もあり、声望も高まってはいたが、作家としての基盤的な危機に直面していたと言える。これは彼固有のものでなく、時代的なものであって、大きく言えば高度成長とサブカルチャーの興隆が文学や文化の基盤にもたらしたものであり、ある意味では現在まで続いていることなのだ。

彼の放浪的な生活スタイルはあまり変わらなかったが、行動範囲をアメリカや韓国に広げ、物語（歴史）に自己の基盤を見いだす努力をしながら、あらためて自分の出生の基盤に帰ろうとする試みを繰り返していた。経済の高度成長が消費優位社会を生み出していく過程は彼の文学的基盤を切り崩すように現れたが、深刻だったのは彼の育った路地の解体と消失がここに重なってもいたからである。それは大きな枠組みでみれば高度成長という時代の動きに関連するものであったし、現実的には食いとめられないものだった。彼は彼の流儀で闘ったのであるが、敗北に直面するしかなかった。

この時期に彼は『鳳仙花』、『千年の愉楽』、『熊野集』などの作品を書いており、作家としての力に驚くが、その背後で思想的な格闘を演じていたのである。僕は個人的には『千年の愉楽』が全作品の中で最も好きだし、最高のものだと思っている。彼の直面していた危機の問題にも少し言及してみたい。

彼の思想的な格闘は、この時期の対談などの発言でうかがうことができる。中上のエッセイや対談は、彼が「俺は批評家でもある」と自認するほど評価できるとは思わない。彼は作家であって、批評家ではなかったと言うほかないが、対談などの発言は面白いし、今となっては貴重な資料と言える。例えば、七九年の「アメリカへ――破壊への衝動」（『流動』十月号所収）と題した文芸評論家・絓秀実との対談がある。その当時に読んだような気もするが、今は対談集に組み入れられている。彼の直面しているものを伝えてくれる。

彼はこの時期、しきりにアメリカ行きを語っていたらしいが、それを亡命のごときものと語っている。

「亡命と言ったのですが、分かりやすく具体例を出すと、東京に住んで小説を書いている。この小説の舞台の悉くは紀州の新宮の路地をめぐって書いているわけです。さながらカフカのゲットーみたいなものを延々と書いているわけです。（中略）その路地というのは初めて言うので驚くかもしれませんが、被差別部落を原基としてぼくの小説の中で構成されたもので、小説上の路地とは現実と違い様々の物語の錯綜する場であり、運動の場所であるような捉え方をしているわけです。そこを舞台に、この間、新宮で部落青年文化会を組織しまして様々なことをやってみたのです。（中略）その部落青年文化会が組織の常として壊れてしまった。そのこともう一つ、路地そのものが、あるいは部落そのものが、行政といわれるものによって消えることになった。断腸の思いです」（『中上健次全発言Ⅱ 1978〜1980』集英社／一九八〇年刊）

幻想としての「路地」

中上の作家としての歩みは自分の少年期の世界を書こうとしたところから始まっているが、被差別部落を原基とする「路地」を創出し、その物語を書くことにほかならなかった。別の言葉で言えば、原基としての被差別部落を「路地」として幻想化し、物語として表現することを発見し、続けてきたということである。彼が、「路地」は「僕の小説の中で構成されたものである」というとき、幻想として取り出したものだと言える。これは被差別部落を本質的に成り立たせている幻想を意識的に小説［物語］として取り出したということになるが、見えないものとして幻想を意識的に取り出したということである。この営みが部落青年文化運動の組織との軋轢での挫折と、「路地」の原基たる部落の解体と消失で心的には亡命というほかないところに追いつめられているというのだ。「路地」という幻想の基盤、彼の感性的基盤の解体と消失にほかならないからであり、文学的表現（表出）基盤の解体としてやってきたからだ。

彼が路地を創出したのは幻想的な行為である。この存続としての危機は作家としての中上の危機であり、路地の原基となった被差別部落の住民とは距離のあることだったのかもしれない。その辺の事情を彼はよくわかっていたのであろうが、彼には二重の意味で重要だった。一つは、被差別部落が幻想を本質として成り立ち、そのことによってしか部落問題が解決しえないということに影響することである。彼は被差別部落の存在とその解放の問題を既存の理念（部落解放の理念）とは別にとらえていた。彼には幻想（文化）という観点があったのであり、彼の部落青年文化会の問題に作用したことでもあったと推察できる。もう一つは、彼の作家としての活動は幻想を紡ぎ続けることだから、その基盤の喪失は作家としての存在の危機に直結するものだった。この路地の解体と消失は大きな枠組みで言えば、先にも述べたように高度成長による農村の解体の進展、それを基盤にした幻想的な世界の解体や消失に連動するものだった。高度成長と正統文化の解体の水位が増し、あらゆる地方に浸透して水浸しにしていくようなものである。豊かさという幻想の浸透が、時代の幻想を解体し、空虚の拡大を深めていったことと重なるのだ。貧しさや暗さが消えて、軽さや幸福感の肯定が浸透していったことでもある。

中上は場をアメリカや韓国などに広げることで、この危機に対応しようとしたが、他方で歴史（物語）につながることを志向した。「物語」は彼の思想的なキーワードでもあったが、物語とは幻想であり、その基盤を歴史に見いだすことでそれを紡ぐ基盤の再生に向かったのだ。中上にとって路地は物語（幻想）の場であり、その解体や消失に対して、空間的に、そして時間的に場を拡大することで対応しようとしたと言える。時代は物語の解体を進める。だから幻想の拡散と空虚化の進展の中での抵抗であったことは間違いないが、これが困難な所業であったことも確かである。

文壇バーでの中上

今でもあるのかどうか知らないが文壇バーというのがあった。僕は前のところで紹介した「詩歌句」に二、三度ほど行ったくらいなのだが、そう言えば中上に連れられてというか、彼がよく出入りしているというので「風花」に行ったこともある。八〇年代後半からのことだ。今では文壇が存在するのかどうかも定かではないが、中上は文壇バーに出入りし、喧嘩し、一番強いと言われていたらしく、数々の武勇伝も残している。八〇年代後半に親しく付き合うようになってからよく飲み歩いた。彼は夜な夜な飲み屋に顔を出し、彼を探すのは飲み屋に行けばよかった。彼は酒が入ると書けないと言っていたから、どこで書く時間を確保しているのか気にはなった。人は食物をとって身体を保持しているのと同じように、言葉や文字などの食物で精神的身体を生成（再生産）している。書くことは精神的身体の表出であるから、そのための時間の確保が必要と思われた（もちろん、人の見えないところでしていたのだろうと想像はできる）。

太宰治や坂口安吾（注5）にしても、精神的身体である文学的表出の基盤を放浪的な生の中で得ていたのだから、不思議なことではなかったにしても、彼の精神的身体の再生産は生命力溢れるようなものであり、その多くを日々の行動の中で得ていた。中上にも書くことの精神的重圧は強いものがあったと想像できる。文壇バーなどでの行状は重圧の解消になったのか、あるいは逆にさらなる重圧を背負うようになっていたのか。よくわからないが、しかし中上のような存在はもう現れないのだろうと思う。彼がそんな日々の中でどんな夢を見ていたのか、その深い苦悩を想像することもあるが、それらを秘めながら破天荒な生き方をしていた中上はそれだけで輝いていた。中上の行動そのものが文学的だったのだ。

中上の作品の中で僕は『千年の愉楽』が一番好きと言ったが、この作品に描かれた若者たちの悲劇的な生が中上の生そのものと重なってしまうところがある。読み込み過ぎかもしれないが、そんなことが浮かんできて仕方がない。

『千年の愉楽』は、彼が文学的に創出した「路地」と同じように幻想的に生み出した物語であり、主人公は幻想として紡ぎ出されたものである。同時期に書かれた『熊野集』は、この作品の舞台裏を書いているものが多く、その意味では興味深い。「路地」を別の面から描くいい作品だが、作品の完成度という意味では『千年の愉楽』の方がいいと思う。

『千年の愉楽』詳論

『鳳仙花』に続く『千年の愉楽』、『熊野集』を書いている時期は、中上にとっては結構きつい心的状態にあったと推察できる。前に書いたことだが、この要因には世界像の急速な変容があった。高度成長の過程がもたらしたサブカルチャーの興隆の中での世界像の解体があった。一般的には正統文化の解体といわれるが、古典近代像である世界像の解体である。別の言い方をすれば共同幻想の解体、拡散と空虚化の展開と言ってもよかった。政治も文学も基盤的な解体に作用していたと言える。六〇年代から七〇年代まで続いていたラジカルな表出（幻想的表出）は、古典近代的な世界像に対する、あるいはその秩序に対する反抗でもあったが、もうそれは内ゲバのような迷走か、熱核戦争批判のような停滞に陥っていた。幻想域にある文学もまた同一で、文学的表出の基盤的解体の中で迷走するか、停滞に陥るかしかなかった。空虚の深まりを「書くことのないことからの出発」で対した村上春樹のとった道は時代に抗する一つであった。共同幻想の拡散と空虚化の中で、これを基盤とした表出を追求することは一つの道であり、村上春樹はその代表だった。が、中上は別の道を取っていた。

吉本隆明は『マス・イメージ論』（世界論の項）で、『千年の愉楽』を物語が解体し、不可能になっていく中で、古典近代的な世界像からの逸脱を〈再表出〉に転化しようとしていると評している。物語の舞台を死者の領域まで拡張させ、また、アジア的、古代的な世界を仮構することを現在の世界像に抗する表出の方法と分析していた。中上は解体される自己の感性的基盤、あるいは幻想的基盤（精神的）の保持と再生のために、被差別部落を原基とする「路地」という世界を創出した。そしてこの被差別部落の解体と世界像の解体が重なる中で、幻想としての路地の再構築を試みたのである。中上が展開したのは時代に抗した自由の表出であり、共同幻想という世界秩序を突き破る自由の表現だった。その意味でこれはかつてのラジカリズムを表出として受け継いだものと言ってもよかったのである。

この作品は「路地」に生きる中本一統の若者たちの悲劇的な生を描いているのだが、この生を透視している産婆「オリュウノオバ」という存在が設定されることで、鳥瞰できる装置が作られている。主人公たちは「路地」と呼ばれる場所において、ヤクザや遊び人などとしてあり、また生業として下駄直しや山の雑役人夫などをやっている。いうなら卑小な存在であるが、同時にその容貌や歌舞能力などに秀でた存在である。そしてこの世と死の世界にまたがる存在であり、その輝ける頂点で悲劇的な死を遂げる。

『千年の愉楽』は「半蔵の鳥」（『文藝』河出書房新社／一九八〇年七月号所収）から「カンナカムイの翼」（同／八二年四月号所収）までの六編で構成されている。「半蔵の鳥」の半蔵は二親から置き去りにされて、「路地」で育てられた。それでも中本の血を引く男ぶりの若衆になった。半蔵は女出入りがもとで男に刺されて二十五歳で死ぬ。半蔵の演じる世界は善悪を超えたものであり、自由な存在なのだ。中本一統の若者は中上が造形した路地の若者であり、その悲劇的で輝ける存在は幻想として生み出されたものである。その若者の物語から僕らが受けるのは、善悪を超えた自由な人間の存在である。人生の頂点で死ぬことの悲劇は自由と引き換えに秩序に衝突することの象徴だが、秩序（共同幻想）から自由であることの代償でもある。彼はこうした存在を描くことで、自由な人間の姿を示していたのだ。

また、この作品は中上が被差別部落解放のためにやろうとした文化運動の挫折に対する解答のような意味を持っていたのだと推察できる。

左翼思想の欠陥

中上の文学作品で映画化されたものとしては『赫い髪の女』（神代辰巳監督・にっかつ制作／一九七九年公開）がよく知られている。原作は『水の女』（作品社／一九七九年刊）にある「赫髪」。『十九歳の地図』（柳町光男監督・プロダクション群狼配給／一九七九年公開）など他にも映画化されたものはあるが、この作品が傑出している。若松孝二監督で『千年の愉楽』（スコーレ、若松プロダクション製作・配給／二〇一三年公開）も映画化されているが、もう一つと思えた。映画化の難しい作品なのか。逆にいえば、それだけ文学的な達成度の高い作品といえるのだろうと思う。吉本隆明は『追悼私記』（JICC出版／一九九三年刊）の中で中上の文学的な達成について次にように評している。（注6）

「中上健次の文学に思想としての特長をみつけようとすれば、第一にあげなくてはならないのは、島崎藤村が『破戒』で猪子蓮太郎や瀬川丑松をかりて、口ごもり、ためらい、おおげさに決心して告白する場面として描けなかった被差別部落出身の問題を、ごく自然な、差別も被差別もコンプレックスになりえない課題として解体してしまったことだと思う」（同書「中上健次　比類のない文学思想」）

これは中上の多くの作品についていっているのであるが、『千年の愉楽』も重要な位置に置かれていたように思う。これはまた「被差別と差別の問題は中上の文学によって理念としては終わってしまった。あとは現実が彼の文学を追うだけだ」（同）ということに関係していると考えられる。さらりといわれているように見えるが、中上の文学について、さらに被差別部落の問題について重要なことが言われている。中上は出自が被差別部落であること、路地を原基にしていることを語っているが、彼の文学が被差別部落の問題にどのように関わったかは誰も明確にはいい得ていない。被差別部落の問題に言及したから、それに対応しえたということにはならない。ある意味では被差別部落の問題はそれだけ難しく、この問題に立ち向かう思想は内実が試されてしまうようなところがある。僕らの前に被差別部落の問題が政治的―社会的な主題として登場したのは六〇年代後半である。被差別―差別の問題の一環として出てきたのだが、これにきちんと向かい合えた思想は皆無に近かったといってよいほどだった。被差別部落問題は同時期に浮上した天皇、天皇制の問題に似た、というよりは基盤を同じくする問題であったけれど、この問題に立ち向かった左翼思想（マルクス主義）は欠陥を露呈させるように現象したとさえ言えるのである。

中上の対応と挫折

中上が被差別部落を原基とする「路地」を創出し、そこを舞台にする多くの物語を書いてきたことは、彼が被差別部落を意識し、その解放を考えていたことでもあった。これは彼の作品上だけのことではなく、他の活動としてあった。それには六〇年代後半に差別問題とともに、被差別部落問題が政治的―社会的課題として登場した影響があったといえるが、中上はこうした運動として新宮市の被差別部落の中で公開講座を展開する。七八年のことで、『枯木灘』の後に『朝日ジャーナル』連載（一九七七年七月一日号から翌七八年一月二十日号にわたり二五回）の『紀州　木の国・根の国物語』（朝日新聞社／一九七八年刊）も終わったころである。このルポルタージュは紀伊半島全域を差別、被差別ということを考えるために取材し、書いたといわれてもいるが、この一環として公開講座はなされた。月一度、ゲストの講師を呼んで講演をして、中上が常任として現代の文学を語るというものだった。当初は十二回の予定だったらしいが、途中で揉めごともあって八回で打ち切られた。この八回の講師は佐木隆三・石原慎太郎・吉増剛造・瀬戸内晴美・森敦・唐十郎・金時鐘、そして吉本隆明であった。講師に石原慎太郎を呼んだことが最初に非難されたようだ。そして「声高に差別を論じない為、いや、教条的な差別議論や実利的な差別論を言わぬ為、解同新宮支部からは、文化会のメンバーは反支部的だといわれたのである」（『中上健次エッセイ撰集［青春・ボーダー篇］』恒文社21／二〇〇一年刊「差別部落の公開講座八回で打ち切りの反省」）と指摘されている。また、次のようにも言われている。「当初十二回を予定していた連続講座を第八回吉本隆明氏をむかえたのを機に打ち切ったのは、幾通りも原因が考えられるが、最大の原因は部落青年文化会の内部崩壊である。メンバーに文化を読み変えることも文学の新しい地平も無縁であるし、それよりもわかり易く人の吐いた差別的言辞をあげつらい、差別語かくし運動の方がよいという迷妄があったからである」（同）

中上の試みた文化運動的視点での被差別部落問題への対応が、どこまで有効であったのかはにわかに論じられないが、彼の運動がぶつかった問題はわかる。彼が考えていた被差別部落の問題と周辺の人たちで、その認識や理念などが違っていたのであり、中上は孤立した状態に陥ったように思える。僕は当時、中上とは具体的な関係がなかったから詳細はわからない。中上の反省の弁として書かれたものには彼の悔しさのようなものがにじんでいるが、その食い違いを打ち破れるものをこの段階では持っていなかった、といえるのだろう。

僕自身の経験で被差別部落のことをいえば、幼少期に祖父に刷りこまれるようにしてやってきたものだった。それはタブーというか、禁制というか、恐れの多い存在というように刷り込まれたのである。このことを意識的（自覚的）に考えるようになったのは後年であるが、被差別部落民に対する差別がいかなる意味でも不当なことであり、差別に対する批判が正当なことは自明だった。ただ、この被差別部落の存在をどう認識するのか、また解決をどう考えるのかは難しいことだった。そこで被差別部落解放を目指す運動自体に対してではないが、その運動を支配している理念には疑念が生じたのである。被差別部落の存在解決構想に問題があるように思えたのである。中上が文化運動的な視点で展開していた被差別部落の公開講座がぶつかったこととそんなに離れてはいないことだったと思える。被差別部落の解放運動を長年にわたって支配してきた理念に中上が抗うことを強いられたのは、この理念には幻想という存在に対する理解がなく、それを認識する方法がなかったためである。これは被差別部落の存在を本質的に理解する上で欠如をもたらすものであり、また、文学の役割や意味についての理解に関わるものだった。中上が「路地」を舞台に関わり展開してきた幻想の問題に関われないというか、相いれないことだったのである。この講座が吉本隆明の回で打ち切られたのは、その意味で象徴的であったと思う。

共同幻想は国家とイコールではない

被差別部落の問題や天皇、あるいは天皇制の問題が政治的―社会的主題として現れたのは六〇年代後半からだった。この問題については多くの人が論じ、また思想的な言及もなされてきた。その中には重要な業績とでもいうべきものもあるが、この問題の解決を意味するような思想的な成果は乏しかったと考えられる。現在では被差別部落問題も天皇、あるいは天皇制の問題も思想的な主題という場所からは遠ざかっているように見える。これが基盤の問題なのか、単なる情勢的な問題なのかは判断が難しい。ただ、これらの問題が思想的に解決したとは言い難いことは確かで、契機によってそれはまた大きな思想的課題として出てくる、と思える。その意味で吉本が「被差別と差別の問題は中上健次の文学によって理念としては終ってしまった。あとは現実が彼の文学のあとを追うだけだ」（前出『追悼私記』）と評したことは重要な意味を持つと思う。ただ、文学的な達成が政治的―社会的運動上の達成とは違うという理解がないと、すんなりとは受け入れられないかもしれない。文学はあるところでは政治運動や社会運動を凌駕する力を持つが、ある面ではそれに対して無力というところもあるからだ。

僕はあらためて、中上が被差別部落を原基とする「路地」の物語を書き続けてきたことの意味を考えたい。これは比喩といってもいいのだが、吉本隆明が『共同幻想論』のあとに「南島論」を課題としてきたことに重なるように思えてならない。吉本が「南島論」にのめりこんでいった契機としては、当時の沖縄問題という政治的―社会的課題の登場があった。しかし、これは契機にすぎないのであって、もっと深いものがあったように思う。何故なら、吉本は沖縄問題を、当面する政治的―社会的な解決よりももっと長い射程で考えていたからである。そうであれば、吉本は「南島」という言葉に何を託そうとしていたのであろうか。僕は、日本国という「共同幻想」を超える幻想を掘りだそうとしていたのではないかと思う。日本国の「共同幻想」とはいうまでもなく、天皇や天皇制と基盤を同じくするものである。それを超える共同幻想とは、日本人や日本列島の住民の幻想という意味である。文化といってもよい。大衆原像の歴史的な存在様式といってもいい。

国家の本質は共同幻想であるが、共同幻想は国家とイコールではない。国家以前の共同幻想や国家以降の共同幻想ということを考えてもらえばいいのだが、その場合には共同幻想は文化あるいは幻想でいい。共同幻想の疎外態としての国家とは別のものであり、積極的で肯定的なものと考えられる。幻想とは幻影ではなく、人間の精神であり、精神の形態である。吉本が「南島」という理念において紡ぎ出したかったのは国家、日本国家以前の幻想（共同幻想）であり、現在の国家を超えていこうとしたのだ。未来から、あるいは未来の視座から、ということは国家以降の視座から国家を超えることである。現在を超えるための不可欠な道なのである。

日本国という幻想を超える場としての「路地」

中上が「路地」という場を設定したことには偶然と必然が混ぜられていて、なかなか説明しにくいように思う。彼の感性的基盤からはなれまいとする志向が働いたように思うが、彼はその場で幻想を紡ぎ続けようとしたのである。場としての「路地」の解体は、彼にとって幻想が紡げなくなっていくことにほかならなかった。ここには大きくいって二つのことがあったように思う。一つは現実に路地の基盤が解体されていくことにほかならない。極めて複雑な事態として進行したことは、『熊野集』を見れば推察のつくことである。土地改良事業などは現実にはなかなか抗いにくいことであり、また親族も絡み、現実的利害に対することは困難であったように思える。もう一つは、彼の紡ごうとする幻想が世界の方から解体の圧力にさらされ続けたということである。

村上春樹は中上健次を「書くべきことのある」作家と評していた。自分は「書くべきことがない」作家として対比してのことだ。「書くべきこと」も解体にさらされていたのであり、解体の力は世界の方からやってくるものだった。バブル経済へと突き進む高度成長経済の展開、サブカルチャーが全盛となっていく時代の動きがそれであった。一般的には物語の不可能性が進行することとして語られたし、新しい時代の到来を予感させるものとも思われていた。中上は『千年の愉楽』で明らかなように、路地の物語を生と死を超えた視線と、アジア的あるいは古代的世界の方に拡げることで時代の動きに対抗しようとしていた。解体を進行させる時代への対抗である。そして、アメリカや韓国などに出掛けていき、「路地」の普遍性を見いだそうともしていた。これらが何を産みだしたかは簡単にはいえないことであるにしても、彼は行動することで時代に抗おうとしてもいた。だがいずれにせよ、彼が物語の場としての「路地」を存続させることの困難に直面していたことは疑いえない。吉本は『マス・イメージ論』で『共同幻想論』の続きを書こうとしていた。『共同幻想論』から「南島論」の過程で、吉本には日本国という「共同幻想」を超える幻想を紡ぐ（掘る）という試みの挫折があった。中上がどこまで意識していたかはあきらかにしえないとしても、被差別部落を原基とする路地を、吉本の「南島」と同じような位置にあるものと思っていたと推察しえる。やはり、それは日本国という幻想を超える場であり、その場から日本国の共同幻想を超える幻想が紡ぎ出せると考えていたのではないかと思う。この困難が増す中で書かれたのが『地の果て　至福の時』である。これにはいろいろ評価があるが、「路地」を場とする物語を一番深く展開したものであることは確かであった。

『地の果て　至上の時』と『枯木灘』

「朝に光が濃い影をつくっていた。影の光がいましがた降り立ったばかりの駅を囲う鉄柵にかかっていた。体と共に影が秘かに動くのを見て、胸をつかれたように顔をあげた。鉄柵の脇に緑の葉を繁らせ白いつぼみをつけた木があった。その木は、夏のはじめから盛りにかけて白い花を咲かせあたり一帯を甘い香に染める夏ふようだった」。これは『地の果て　至上の時』の冒頭の文章である。竹原秋幸は弟殺しの刑で三年ほどを大阪の刑務所で過ごし、今帰ってきたところだ。彼は二十九歳になっていた。『枯木灘』の終わりの方で、腹違いの弟の秀雄を石で殴り殺したのだった。彼は出所後、義父の繁蔵や母フサの家に帰らず、熊野の山中に小屋掛けしている六さんのところに一泊する。これはこの物語が『枯木灘』とは違った展開をすることを暗示している。

三年前、秋幸は義兄の文昭組長のもとで、土方の現場監督をやっていた。彼が組頭になってその仕事を続けるために、母親のフサは資金をへそくりとして貯めており、二〇〇〇万円もあるという。しかし秋幸はその申し出を断り、父の浜村龍造から資金を借り材木業を始める。「路地と母系」の物語とは異なった展開を意味する。この作品では実父の浜村龍造との関係が大きなものとなる。多くの人が指摘することだが、「路地」の消滅という事態があった。

「柵につけた幾重もの有刺鉄線の光る向こうをみた。写真より数等も実際に路地跡は生々しくむごたらしく、いつの間にか生え茂った雑草が風を受けた光の波をつくり美しかった。路地だけでなく山も消えていた。目を転じると、路地から道路一つ隔てた向こうにモンの店や秋幸の異母妹に当たるさと子が働いていた店のあった新地があった。だが、それらも、その向こうの製材工場もさらにバスの車庫も、消えていた。風が渡ってくる度に路地跡を中心に生え茂った雑草が身を起こしうごめき、山の際に流れ者らが住みつき蓮池を埋め立ててさらに多くの流れものが住みついて出来た路地が夢そのものであったように音を立てた」

秋幸が刑務所にある間に「路地」は消えていたのである。被差別部落を原基とする「路地」は中上の創出したものであるが、その場は消滅とでもいうべき変容を遂げていた。このことと「路地」という場の原基の現実的な進展（消滅的な再編）とは同じではなかったろうが、この動きにどう応えるかがこの作品の根にある。秋幸は「路地」が産んだ子供同然に育てられたともいわれてきたのだが、この親密な場の消滅があったのだ。それだけではない。秋幸がいない間に文昭の仕切る組は仕事の形を変えていた。かつて秋幸が土の匂いと共に自意識を忘れさせてくれるような一体感を感じさせてくれる仕事（労働）は困難になっていたのだ。

土方仕事、秋幸の肉体労働はもちろん幻想であったのだけれど、この自然（大地）との自然的な関係は不可能になりつつあった。「…二度と土方に戻ることはないと感じた。かつてとは全てが違った」（同）という思いが秋幸にはあったのだ。「二十六の時なら路地はまだ温かい日だまりのようであり、そこで母フサが産みおとした生きた五人の子の一人として、貧しかったが何一つ欠けることのない状態で暮らした時期に戻ることは可能だった」（同）。これはある意味では中上が創出した「路地」を舞台にした物語が紡ぎだせなくなっていたことの告知ともいえた。『岬』や『枯木灘』とは質を異にしている根拠である。

「蝿の王」

秋幸は実父の浜村龍造に憎しみを抱いている。彼は母フサに秋幸を孕ませると、他の女にも子供をつくっていた。そして人に嫌われる悪辣の限りを尽くし、今は手広く材木商を営んでいる。「路地」を消滅させ空地化させた頭目的存在と手を組んで暗躍してもいる。秋幸は龍造への憎しみを、異母妹のさと子を姦し、異母弟の秀雄を殺すことで果たしたが、龍造に薄笑いでかわされ、今は若気のいたりでやったことで思慮が足りなかったと思っている。彼は山小屋で六さんにおのれのろをぶちまけてみたい気もしたが、心の内に収めた。他方で龍造は秋幸を兄やんとよび、自分の後継者にと考えている。自分がむしろ秋幸の子供だと称し、彼を受け入れることを望む懐の深さがある。彼は蠅の王といわれ、人々に指さされる存在だが、善悪を超えた人物として造型されている。秋幸は父親への違和感や憎しみが消えたわけではないが、他方で魅かれるところもある。ここは義父の繁蔵とは違うところである。

秋幸は龍造に資金を借りて材木商を始める。「路地」の消滅に対して、熊野という山を引きいれることで場を移し換えていこうとする試みだ。中上が熊野の物語として展開してきた世界である。「路地」にはいつも熊野という幻想空間があるのだが、それが意識的に取り込まれたということにほかならない。また、歴史的な契機の方に手をのばすことがある。熊野へ場を広げることと同じであるともいえよう。大逆事件も熊野の歴史も出てくる。龍造は若い頃、どこからきたのか、何をやっていたのかわからんといわれ、一本立ちした時、蠅の王とよばれる汚名を注ぐために、自分の先祖は浜村孫一だと祭り上げたのだ。孫一は織田信長の軍勢を苦しめた鉄砲集団雑賀衆の首領であった。が、後に信長に負けて落ち延び有馬に居ついた。龍造はその子孫が俺だとし、そのための工作もいろいろとしたのだが、秋幸にはその手のうちはすぐに分かるものだった。秋幸にとっては父親が仕掛けた幻想というべきものであった。秋幸と龍造の関係は愛と憎しみの関係の中でもつれた関係になっていくが、龍造の首つり、そして路地に火が放たれてこの作品は終わる。「秋幸はわたしが山とって路地つぶして神経狂て来とる。…秋幸が火をつけたんや」と美恵に言わせているが、路地への秋幸の哀歓の表現だった。『地の果て　至上の時』で路地消滅を書いたことはたしかだが、中上は何を物語りたかったのか。『千年の愉楽』が思い浮かぶのだが、この時期の中上の苦闘が伝わってくるのは確かだ。秋幸三部作というと小津安二郎(注7)の紀子三部作（『晩春』『麦秋』『東京物語』）を思い浮かべてしまう。やはり僕は『枯木灘』を一番評価したいと思っている。

（注1）石川好　一九四七年東京都伊豆大島に生まれる。高校卒業と同時に、先に渡米していた兄を頼り、短期農業移民資格で米国カリフォルニア州へ渡る。兄の勤めていたイチゴ園で四年間働く。六九年に帰国。慶應義塾大学通信教育課程から通学過程に編入し、法学部政治学科卒業。大学卒業後の七五年に再渡米して庭園業を営む。『カリフォルニア・ストーリー』（中公新書／一九八三年刊）で作家デビュー。八三年、『ストロベリー・ロード』（早川書房／一九八八年刊）で大宅壮一ノンフィクション賞を受賞。九一年、湾岸戦争への自衛隊派遣に抗議し、柄谷行人、中上健次、津島佑子らと「湾岸戦争に反対する文学者声明」を発表した。

（注2）**野間宏**　一九一五年兵庫県神戸市に生まれる。小説家、評論家、詩人。京都帝国大学文学部仏文科を卒業して大阪市役所に勤務。融和事業を担当して被差別部落の実態を知る。四一年に応召し、中国やフィリピンを転戦。四三年に社会主義運動の前歴を追及され、思想犯として服役。原隊に復帰したものの敗戦を迎える。戦争へと向かう時代にあって、左翼運動、部落解放運動の支援、治安維持法違反容疑による服役など、常に権力と人間の自由について向き合った。こうした体験から戦後、『暗い絵』『真空地帯』（毎日出版文化賞）『青年の環』（谷崎潤一郎賞）など重厚な作品を生み、晩年まで社会的な発言を行った。一九九一年死去。行年七十五歳。

（注3）**安岡章太郎**　一九二〇年高知県高知市に生まれる。小説家。四四年、学徒動員で陸軍に召集され満州へ。翌四五年に肺結核で除隊処分。『三田文學』（一九五一年六月号）に発表した「ガラスの靴」で作家デビュー。「悪い仲間」（『群像』一九五三年六月号）「陰気な楽しみ」（『新潮』同年四月号）で芥川賞受賞。母の死を題材とした『海辺の光景』（講談社／一九五九年刊、芸術選奨文部大臣賞・野間文芸賞）は高い評価を受けた。後年は過去へと眼を向け、時代と人間の関わりを深い洞察を加えて描いた『流離譚』（新潮社／一九八一年刊）などの作品を執筆した。二〇一三年死去。行年九十二歳。

（注4）**部落青年文化会**　中上健次と新宮市春日町に住む楠本秀一、向井隆が一九七八年に結成。同年二月五日の佐木隆三を迎えた第一回から、同年十月七日の吉本隆明を迎えた第八回まで連続講座を主催した。

（注5）**坂口安吾**　一九〇六年新潟県新潟市に生まれる。小説家、評論家、随筆家。戦前の笑劇的ナンセンス作品「風博士」（『青い馬2号』岩波書店／一九三一年六月一日発行）で文壇の注目を集め、敗戦直後に発表した『堕落論』（銀座出版社／一九四七年刊）『白痴』（中央公論社／同年刊）が反響を呼び、無頼派・新戯作派の人気作家となった。ヒロポンを服用しながら四日間一睡もしないで、「桜の森の満

開の下」（雑誌『肉体』創刊号／一九四七年六月一五日発行）などの作品を書いたという。一九五五年死去。行年四十八歳。

（注6）**若松孝二**　一九三六年宮城県遠田郡涌谷町に生まれる。映画監督、映画プロデューサー、脚本家。農業高校を二年で中退し上京。職人見習い、新聞配達、ヤクザの下働きなどを経験する。六三年にピンク映画『甘い罠』で映画監督としてデビュー。その後もヒット作を量産し、反体制の視点から描く手法は当時の若者から圧倒的に支持される。六五年「若松プロダクション」を設立し、大和屋竺監督『荒野のダッチワイフ』（一九六七年十月三日公開）、大島渚監督『愛のコリーダ』（一九七六年十月十六日公開）などをプロデュースする。二〇〇八年公開の『実録・連合赤軍 あさま山荘への道程』で、ベルリン国際映画祭最優秀アジア映画賞と国際芸術映画評論連盟賞を受賞。また一〇年公開の『キャタピラー』で新藤兼人賞・SARVH賞、主演の寺島しのぶがベルリン国際映画祭の主演女優賞を受賞した。一二年には中上健次原作、寺島しのぶ主演で『千年の愉楽』を制作し、翌一三年春の公開を控えていたが、一二年十月に交通事故で死去。行年七十六歳。

（注7）**小津安二郎**　一九〇三年東京市深川区万年町（現・東京都江東区深川）に生まれる。映画監督、脚本家。代用教員を経て、二三年に松竹鎌田撮影所に入社。撮影助手として働く。初監督作は『懺悔の刃』（二七年公開）だが、完成直前に予備役召集がかかった。その後、笠智衆が初めて小津作品に参加した『若人の夢』（二八年公開）『大学は出たけれど』（二九年公開）などのサイレント（無声映画）を制作。小津初のトーキー作品は『鏡獅子』（三六年公開）。三七年、応召して中国戦線へ。戦場暮らしは一年十カ月に及んだ。日米開戦後の四三年、軍報道部映画班に徴集されシンガポールへ。敗戦後は抑留生活を経て四六年に帰国した。

戦後第一作は『長屋紳士録』（四七年公開）。原節子を初めて迎えた『晩春』（四九年公開）で「キネマ旬報ベスト・テン」の日本映画部門で一位に選ばれ、「小津調」と呼ばれる独自の映像世界・映像美を確立する。五一年に公開に公開した『麦秋』で芸術祭文部大臣賞を受賞。さらに家族の在り方を問うた『東京物語』（五三年公開）は、小津の代表作となる。『晩春』『麦秋』『東京物語』は、原節子が紀子という名の役（同一人物ではない）を演じたことから「紀子三部作」と呼ばれる。一九六三年死去。行年六十歳。

終章　「いま、吉本隆明25時」

幻想としての人間存在を追う

吉本も中上も文学を基盤として活動していたのだから当然だが、彼らが執着していたのは幻想ということだったように思う。幻想としての人間の存在を追い、それを生涯にわたって考え抜いたのだと思う。彼らが遺した膨大な作品は、彼らが紡ぎ出した幻想にほかならない。幻想とは幻影でも想像力でもない。それらを含む人間の精神的（心的）な表出であり表現なのだ。僕は今ならそれを率直に理解できる。彼らの近くにあった時も離れて見ている時も、彼らの所業が理解しにくいところがあったとすれば、やはり幻想という言葉、あるいは概念を理解する上での障害をこちらが有していたからである。

哲学的には世紀にわたる唯物論的な思考、ロシア革命の権威を背景とする世界認識の方法が、時代の精神として大きな力を持っていたことがある。これらは二十世紀の宗教（宗派）であったに過ぎないが、科学という装い（衣装）をつけていただけ厄介だった。唯物論も観念論もありえない。その論が取り出そうとした対象が存在するだけである。人間は唯物論的でもあれば観念論的でもある。そういう名目で対象化しようとしてきた存在域を持つだけである。今なら簡単にいうことができるが、随分と時間を要したのである。

六八年に公刊された『共同幻想論』を取り上げるまでもなく、共同幻想という言葉が登場した時の驚きと反発、それにもかかわらず理解がされなかった由縁は、幻想という言葉の理解が読み手の中になく、それを阻害する唯物論的思考に読者が無意識も含めて浸されていたからだ。吉本は幻想という概念でヘーゲルの意志論も含め、初期のマルクスが遺した世界を引き継ごうとした。この着眼は鋭く、唯物論で定式化された世界認識の方法、とりわけそこから導かれた上部構造領域の思想的な抽出の新たな道を切り拓いた。これは『言語にとって美とはなにか』の表出論（言語論）や『世界認識の方法』（中央公論社／一九八〇年刊）などとして遺されている。これらの膨大な著作や論究は、『共同幻想論』も含めて僕ら自身の幻想概念の理解が深まれば内容の理解も進むものとして存在している。この難解さは、こちら側の概念に多くは起因しているのである。例えば、『共同幻想論』と同じころに出された三島由紀夫の評論『文化防衛論』（初出は『中央公論』一九六八年七月号、単行本は新潮社から翌六九年刊）だって、彼の使っている文化概念を幻想概念と重ねて読めば分かりやすい。これを難解にしているのは、こちらの概念が作用しているところが少なからずあるのだ。

中上の「路地」を場とする作品は秋幸三部作の最後である『地の果て　至上の時』で到達点というべきところにあった。中上のこれ以降の作品の難しさを暗示していた。「路地」を場として幻想を紡ぐことが困難になっていたのだ。それは誰よりも中上自身の知っていたところだった。八〇年代半ばである。この時代において彼らは幻想（上部構造的世界）の基盤の変容に直面し、これまでの自己のイメージしていた世界からの脱却を余儀なくされていた。

革命を意味する時の課題

吉本がよく使っていた言葉に「25時間目」というのがあった。これは僕が共産主義者同盟叛旗派にいるときも、また辞める過程でも論議になったものだが、ほとんどその意味を分かっていなかった。「25時間目」とは幻想という時間を意識し自覚することだ。そして幻想的世界を作り出す時間である。「25時間目」はある意味では喩であるが、この言葉に吉本は自分の実存の仕方そのものを込めていたし、かつて「この執着はなぜ」と自問したことへの答えでもあった。日常性から超出するこの「25時間目」の世界は、二十四時間の世界との裂け目を生むものだった。この裂け目をどうするかが、「25時間目」が革命を意味する時の課題だった。別の言い方をすれば、生活と幻想を紡ぐことの矛盾の解決（対応）だった。中上が作家を職業とすることへの疑念を抱えて格闘していたことでもあった。

「職業文学者に、文学は一体、可能なのか。実存主義の問いを逆手に取って言うならば、そういう種類、次元の自己否定、としての問いかけを、それから私は、何度も中上と話すことになった」（辻章著『時の肖像　小説・中上健次』新潮社／二〇〇二年刊）

職業革命家に「革命は可能か」と問いかけるのと同じようなことである。僕は別段、職業革命家を目指したこともそうであったこともない。ただある時期、職業革命家的な生活を生きざるをえなかった。そういう時期にこういう問いかけを自らに向けて発せざるを得なかったし、最も苦しい問いだった。生活者と運動家として自分の裂け目に苦しんでいた時期でもある。幻想の世界を意識的、自覚的に生き、それを紡ぎ続ける上で生活者としての日常(二十四時間の世界)の関係をどうするかは絶えず自問を呼び起こすものだった。この裂け目のところで六〇年代や七〇年代でも吉本は苦しんだのであろうが、八〇年代でもそれは続いたのである。「25時間目」の世界を紡ぎ続ければ、それだけで革命者であるというのが吉本の考えであるが、抽象的な理念としてあっただけなのではない。こういう幻想論は実践的な現れもする。例えばこの時期、反スターリン主義者にしてまた最後のスターリン主義者であった埴谷雄高との論争でも見られるものだ。

「レーニンは総体的に言って、『国家』とか『権力』とか『法とか』のような共同の幻想に属するものの理解が苦手だったように思われます。そういうよりも正確には、『国家』とか『権力』とか『法とか』の共同の幻想がどんな実体と具体的な現実機関と、表裏となって存在するのかを究めるのが苦手だったし、それを無視したと言っていいでしょう」(吉本隆明著『重層的な非決定へ』大和書房/一九八五年刊の「政治なんてものはない」)

これは埴谷のようにボリシェビキ理念や政治体験の欠陥をとりあげても、先進資本主義国の「現在」では無意味であり、まったく未知の革命形態を体験するのだとしながらも、見るべきものは見ているということである。共同の幻想への考察と認識の欠陥がロシア革命の結末に結果したことを、埴谷への批判と重ねてやっている。『「反核」異論』などの展開の中で、吉本は潜在的には意識しない形で体験しつつあるかもしれない、未知の革命形態へ触手を伸そうとしていた。そこがメインの課題だった。この未知にどこまで触手が届くのかを展開したのが『言葉からの触手』（河出書房新社／一九八九年刊）である。この小さな本は八〇年代の吉本の最高の作品というべきだと思うが、こうした中で出てきたのが、「いま、吉本隆明25時―24時間連続講演と討論」という催しだった。

「貧困」と「豊かさ」と

今でも海外では人気のあるらしいテレビ番組がある。ＮＨＫ連続テレビ小説『おしん』である。あるテレビ番組で辺境の人たちが日本語を知っているのに驚いて、なぜと聞いたら、『おしん』を見ているからだ、と答えていた。日本の高度成長以前のようなアジアの国々で『おしん』が人気を博していることは前から伝えられてはいたが、それはまだ続いているのだろうか？　日本でのリメーク版の映画『おしん』（二〇一三年公開）はあまり人気がなかったらしいが、連続テレビ小説『おしん』の放送は八三年から翌八四年である。この時代の日本はもはや「貧しさ」が社会的な主題にならなくなっていて、その意味では『おしん』は貧しかった過去の回想として多くの人が楽しんだ物語だった。日本人の社会的な主題から貧困が失われていくのはいつ頃と特定はできないが、『おしん』の現れた頃がそうだったことは確かだ。同時に「豊かさの問題」などが出てきていた。この時代に提起されたことは高度成長に伴う幻だったのか、現在でも引き続き存在しているのか明瞭でないが、確かなのは新しい時代の予感を多くの人が抱いたことである。

僕はこの頃アルバイトで食いつないでいたが、編集・企画のようなことに手を染めていた。それで石川好の対談本を企画した。鮎川信夫と石川好の『アメリカとＡＭＥＲＩＣＡ　日米摩擦の底流にあるもの』(時事通信社／一九八六年刊)、中上健次と石川好『アメリカと合衆国の間』、栗本慎一郎と石川好『死角のなかのアメリカ』(毎日新聞社／一九八八年刊)を出版した。石川好は『カリフォルニア・ストーリー』(中公新書／一九八三年刊)や『カリフォルニア・ナウ――新しいアメリカ人の出現』(同／一九八四年刊)など、独自のアメリカ論をひっさげて登場した気鋭の批評家だった。兄を頼ってカリフォルニア州に農業移民し、その体験をもとにしたアメリカ論を展開していた。彼のアメリカ論に興味を引かれたこともあるが、アメリカの動向(日米関係)や論議に思想的な刺激を受けていた。このころがピークだった日米の経済摩擦の行方もあったが、無意識も含めてアメリカ的なものを模倣しようとしていた自分たちの世界(戦後的世界)を見直そうということが強くあった。アメリカは戦後の日本にとって最大の鏡のようなものだった。それはソ連(当時)とも、中国とも、またヨーロッパとも違う位置を持つものだった。その政治やイデオロギーに対する批判とは別に、文化や生活に魅せられるものがあったのだ。アメリカとの関係の見直しは、戦後の日本の見直しでもあり、多くの議論が出されてもいた。

(注1)(注2)

江藤淳の一連の「戦後史の書き替え」として展開されていた論評もその一つだった。彼は戦後のアメリカの日本人への洗脳がもたらしてきた問題をさまざまな角度から取り上げ、その批判的展開をしてきたのだが、日本国憲法（戦後憲法）批判はその最たるものだった。戦後のアメリカ占領政策が日本人の言語空間を拘束してきたことへの批判が眼目にあった。『一九四六年憲法　その拘束』（文藝春秋／一九八〇年刊）や『落葉の掃き寄せ　敗戦・占領・検閲と文学』（同／一九八一年刊）など著書は多いが、アメリカの占領政策批判を戦後史の書き替えとしてやろうとしていた。保守の思想家であったが三島由紀夫には鋭い批判を持っていた。三島の行動を「病気」と批判していた。この頃に出されたアメリカ論議で現在でも残るのは江藤の作品くらいである。

中上健次と石川好の対談

中上と石川の対談は、石川の希望で実現した。八六年の夏ごろだと記憶する。新宿ゴールデン街の奥の方にあった「青梅雨」という飲み屋で行われた。その頃飲みに出かければゴールデン街には必ず寄るというのが習慣のようになっていたが、中上もまた、「ばあ　まえだ」などよく出入りしていたらしい。僕は中上の作品をよく読んではいたが、直接の面識はなかった。彼と親しく付き合うのはこの対談からである。対談の最初の回は中上がなかなか現れずに難航したが、彼もアメリカのことには関心があって対談はおもしろかった。中上のアメリカでの生活などはいろいろの報告があるが、彼には馴染めないところも多く、そこは韓国などとは違っていたように思う。このころ中上は都はるみを主題にした『天の歌　小説　都はるみ』（毎日新聞社／一九八七年刊）や『奇蹟』を書いていた。この頃、都はるみは歌手を引退していたが、はるみの熱烈なファンでもあった中上は彼女の歌手復帰を望んでいた。また『奇蹟』は『千年の愉楽』の系譜にある作品であり、この頃『朝日ジャーナル』に連載されていた。（注3）

八七年の御燈祭《おとうまつり》（注4）だと思うが、中上に招かれて参加した。この年は中上の後厄にあたっていて、厄祓いの儀式もあって多くの人が招かれていたようだ。今になって思うとなかなか味わえない愉しい出来事だった。御燈祭は火まつりともいわれるが、彼が書きおろし、柳町光男監督で映画化された『火まつり』（発刊は文藝春秋から一九八七年、映画は一九八五年公開）がある。

この祭りというか、行事に参加できるのは男に限られる。上り子（のぼりこ）と称される参加者は白装束に身をつつみ、五角形の角材を持ってまず町にくりだす。上り子同士が出会えば、角材で叩き合う挨拶をする。時には喧嘩になることもあるらしい。僕は、子供の祭りには喧嘩はつきもので、日頃から喧嘩の準備をしていたことを想起した。最近は取り締まりもうるさくなっているのだろうが、その気風が色濃く残っているのに心が揺さぶられた。振る舞い酒が家の前に置かれていて、いかにも町をあげてのお祭りらしかった。同じ白装束なのでグループからはぐれて迷子になり、中上には心配をかけたらしいが、これはこれで少年期の祭りを思い出して楽しかった。「路地」が解体されたように、祭りもいろいろの形で魂の骨抜きが進んでいるのだろうと想像しえるが、それでも御燈祭にはまだ、原初のエネルギーというか自然の匂いが感じられた。現在でも存続しているのかどうか定かではないが希有なことだろう。神倉神社から降り下るところでは、この祭りに参加していた古井由吉(注5)らと一緒だった。一緒にスクラムを組んで、火をつけた棒をかざして石段を駆け下りた。かなり急な石段であるが、怪我をしないのが不思議な気もした。

この頃、相変わらず吉本の家には何かにつけて出入りしていた。憲法などを主題とする対談本の企画も進んでいたが、よく話題になったのが『24時間テレビ「愛は地球を救う」』(日本テレビ系列)のことだった。直接的にはタモリ・たけし・さんまのことが話題になったのだと思う。たけしと吉本の対談の話もあったのだと思うが、吉本は『24時間テレビ〜』に興味を持っていた。

集会の企画の経緯

ＮＨＫ連続テレビ小説『おしん』が人々をテレビの前に釘づけにしていたのが八三年だとすれば、タモリの『森田一義アワー　笑っていいとも!』(フジテレビ系列)がスタートしたのは八二年だった。「『笑っていいとも!』という言葉は、かなり意図的というか、君たちは楽しむ事を後ろめたく思わなくていいんだよということだと思うんですね。その前はもっと暗かった。苦悩しない明るい奴はバカだと思われていましたよ。(中略)面白いことを言う奴がモテて、暗いことを言う奴は嫌われるようになった」(山田太一「日常生活のリアリズム、〝小さなものの不合理な思い〟書き続ける」)。人々の感性的基盤に生じた変化を的確に語っていると思う。学生たちが漫画を読む風景はずっと昔からあり、面白いキャラクターが活躍する植木等の「無責任男」が流行っていた。しかし、これらは暗い時代の逆立した表現であり、それでこそ人々に受けた。山田洋次の「馬鹿が戦車《タンク》でやって来る」（一九六四年制作・公開）やその後の松竹映画『男はつらいよ』シリーズもある意味ではこの系譜のものだったといえる。

時代と意識のずれがかなり明確になってきた時代で、タモリ・たけし・さんまがテレビを席巻していく時代だった。吉本はテレビが好きで結構見ていたし、批評もやっていた。サブカルチャーに感覚的についていけない、と感じていた多くの知識人とは違っていたといえるだろう。吉本の家ではたけしなどのことが話題になることも多かった。言語空間において物語が不可能になり、もっぱら解体の方向にあり、その中で登場した話芸の前面化に深い関心を寄せていたのだと思う。八六年の暮れのことと思うが、中上健次と飲んでいて、吉本の近況が話題になったとき、僕はこういう状況を話したのだと思う。

そうしたら、どこか温泉にでも出かけて吉本を囲んで討議でもできないかということになった。僕も機会があればそうしたいと思っていたので、吉本に話してみようということになり、最初は近郊の温泉地で三人の長時間の座談でもやろうという話になった。徹夜というか、泊まりがけでの座談であり、聞きたい人の参加も認めようか、それならいっそのこと「24時間」の集会みたいなものでもやろうということになった。言語空間というか、上部構造、あるいは幻想空間（文化空間）の解体と変貌の中で、座標のようなものを見いだしたいという関心が僕にはあり、中上にもあったのだと思う。タイトルについてはいろいろな案が出たが、吉本がよく語っていた「25時間目」という言葉を入れた「いま、吉本隆明25時―24時間連続講演と討論」になった。このタイトルは中上健次の案だったかもしれない。

テーマを設けない集会

吉本は、この集会を企画する中で、可能ならば、二十四時間話し続けたい、そういう気持ちで臨みたいと言っていた。もちろん、そんなことは不可能であることは承知だが、この時代の幻想空間、あるいは言語空間に自分の持っているものを全部ぶつけてみたいという気持ちがあったのだと思う。実際のところ吉本個人で全部をやることはできないわけだから、自分がしゃべらせてみたいというメンバーを何人か招請することで集会を構成することにした。

集会の主催は吉本と中上と僕の三人にしたが、多くは吉本に任せることにした。僕は吉本に頼まれて寺田透(注6)の家に講演の依頼に出かけた。断られてしまったが、彼は文芸批評家として優れた存在で、吉本の鑑識眼の高さを認識させてくれた。その後、僕は寺田透の愛読者になった。辻井喬(注7)・加藤紘一(注8)・栗本慎一郎などにも声をかけたのであるが、それぞれの事情があって参加してもらえなかったのは残念だった。栗本はアメリカ留学中で時間的に無理だったし、加藤は可能性があったが、宮沢喜一政権誕生の前夜で時間調整ができなかった。また、僕はフェミニズムのことを提起してもらいたいという意図もあり上野千鶴子（注9）に声をかけたが、これも参加にはいたらなかった。僕はヘーゲル学者の加藤尚武（注10）に声をかけ、「近代知の行方」と題した話をやってもらうことにした。中上は都はるみに声をかけると言っていた。作家の大原富枝や歌人の前登志夫（注11）らは吉本が声をかけた。ほかに多くの人々に加わってもらったが、二十四時間集会なんて初めてだったし、タイムテーブルをつくるのは大変だった。

この集会は、吉本の発言が中心にあるのだが、特別のテーマ（主題）を設けなかった。これは僕らがこれまでやってきた集会とは異なるものだった。なぜなら、多くの集会は社会的―政治的な主題をもってなされるのが常だったからである。しかし、時代はこの種の主題を解体させ、空虚なものにしつつあった。だから、主題を軸にする集会には違和があり、諸個人の切実に思うところでの発言の集まりという方法をとったのである。全体的なもの、あるいはこれまでの政治的―思想的な流れによって全体的なものを暗示したいというのが主眼だった。

集会は八七年の九月十二日十四時から翌日の十四時まで、品川のウォータ・フロントにある寺田倉庫T33号館4Fで開かれた。ともかくとても楽しいものだった。主催者という緊張もあって、そんなことは念頭になかったが、予想外のことだった。今から思えばあんな集会が出来たことが不思議だったのかもしれない。前半では大原富枝の講演「生きるということ」がとても感動を呼んだ。彼女の自伝というべき、血族をめぐる問題をめぐっての話はとても深いものであった。この時代に彼女は「イエスの方舟」をモデルにした『アブラハムの幕舎』という作品を書いており、居場所をなくした若い女性たちの世界に触れていた。男女、あるいは家族の中での孤立という問題にアンテナを伸ばす彼女の原点が語られていて、深い感銘を与えるものだった。前にも少し書いたが、このころ中上は引退していた都はるみの歌手復帰を画策していた。どこか公の場で彼女が歌えば復帰の契機になると考えていた。だからこの集会に彼女を出し、歌わせることができたらというのが彼の目論みだった。「対談　歌謡の心（都はるみ・中上健次）」はこのためのものだった。

「いま、吉本隆明25時」のハイライト

「いま、吉本隆明25時〜」のハイライトは人によってそれぞれ違って取り出されるかもしれないが、僕には「対談　歌謡の心（都はるみ・中上健次）」の中で『大阪しぐれ』の一番を吉本が、二番を中上が、三番をはるみが歌った場面であった。中上は都はるみに公の場で歌わせる作戦をいろいろと考えていて、この場面のために新宿のゴールデン街で話をつけた流しのギター弾きを連れてきた。後で吉本は、前もって知らせておいてくれれば練習してきたのに、と恨めしげに言ったが、やはりこれはハプニング的にできたからよかったのだろうと思う。その後に都はるみは歌手復帰を果たしたのだから、中上は満足だったのかもしれない。中上にはこの場面が終わるまでは酒を飲むな、と半ば冗談で強制していたのだけれど結果はどうであったか、記憶は定かでない。

この集会は前述したようにテーマを設定してのものではなかったが、吉本はテーマらしいものとして都市論を考えていたようだ。集会では都市論をⅠとⅡに分けて展開した。彼にはこの時期の前後に『マス・イメージ論』から『ハイ・イメージ論』へという展開があるが、経済社会の高度成長が生み出した幻想空間の膨張と変容を、現在という概念としてとらえようとしていた。マルクス主義的に言えば、上部構造的な世界の追求の作業であり、「共同幻想」の現在版の試みをやっていたことでもあった。彼は幻想的な世界(領域)の膨張と変容が、これまでも世界の認識を解体させ、拡散と空虚の進展として現象することに対して、意識は無意識(起源)と死後の世界の双方に向かうことで、つまりは視線を拡張することで対応しようとしていた。この時の鍵をなす概念は消費社会であり、より根底的には人間と自然の関係の拡大としての遅延が考えられていたが、都市の変容はその対象として見られていたのだ。

これは経済社会の高度成長を基盤に展開されてきた都市の動向を、国家と矛盾し、国家を超えつつあるのではないかという視座から分析するものだった。東京などが世界都市として国家の枠を超えようとしていることに注目してのことだった。経済や情報や文化などにおいて都市は国家を超えつつあるのではないのか、というのがこの時期の吉本の着眼点で、「南島論」で基層の文化などから国家を超えようとしたことの対極にある考えのように見えるが、相互に関連するものだった。未来からの視線と過去への視線は対立するものでも、別々のものでもなかったからである。国家を超える幻想(意識)の生成として都市の動向に注目していたといえる。世界的視線の生成がそのイメージになるが、

「南島論」のように基層文化を掘ること（取り出すこと）と都市で展開されている視線の高度化を自覚的に取り出すことは矛盾でなく、国家を超えるという点では共時的なことだった。

「国家を超える」ことは、かつてなら理念的にはプロレタリア意識の世界的な成熟と生成において考えられていた。その変種としての第三世界や辺境から国家を超えるということが流布されていた。世界の経済過程は新たな世界的展開を明瞭にしているのに、国家は世界性どころか、既存の枠組みに回帰を強めているように見える。この世界都市が国家を超えつつあるというのはどこへ行ったのであろうか。これは『ハイ・イメージ論』とともに現在的に検討してみたいものとしてある。この時の吉本の提起は、重層映像化と自然の内包化であったのだが、この対極で考えられていた基層映像化と都市の内包化（南島論）も含めて今日的な問題として残っているように思える。世界が見えにくくなっている現実の中で、この時期に提起されたものをいつか検討してみたいと思う。八〇年代にこそ、現在の分からなさと混迷する意識の起源があるということを、僕はこの集会とともに想起する。

おわりに

八〇年代後半にはベルリンの壁の崩壊と社会主義の終焉があり、また天皇の逝去があった。この集会から九二年経った後に、僕は吉本と中上の三人で北海道の温泉に出かけて二十時間に及ぶ討論をやった。これは「いま、吉本隆明25時〜」の続きみたいなものだったが、まだ昭和天皇の死からあまり時間が経ていないこともあって、天皇が話題の中心になった。記憶に残るのは中上の天皇論だ。昭和天皇の死後に多く流布された立憲君主論に対する批判としては三人とも共通していた。これは西欧の近代の制度的解釈の枠組みにある視点で、昭和天皇の戦前は立憲君主的であったという解釈で、アジア的専制君主の側面を打ち消すというものだった。戦前の天皇、あるいは天皇制の強権的側面を否定するもので、平和の愛好者の天皇という像と結びついていた。戦後の天皇論に合わせるこの天皇論は史実に合わないものだ。

それに対して僕らは違和を持っていたし、歴史の偽造につながるものだという批判を持っていた。中上は自分が熊野の出身であること、そして被差別部落の出身であること、この二つの要因は天皇に対する感覚を市民的感覚とは別のものにしていると述べた。自分と同じ実存状況に天皇もさらされていると思うとも語った。つまり、天皇が万世一系なら負の万世一系であり、マイナスの極致なのだけれど、天皇の実存を肌身で分かると語る。そしてさらに、天皇は言葉を統括する存在であり、「天皇は僕にとって日本語の文法であり、天皇を逸脱して何もかけない」とも言った。この中上の天皇論は、三島由紀夫の「文化概念としての天皇」を想起させたが、三島の人工的な感覚に対して中上は地域的な、それだけ自然な生存感覚に近いものに思えた。宗教感覚としてはもう半分くらいしか僕には分からなくなっているものであるが、天皇や天皇制について考える場合にいつも想起することでもある。農村というか、村落共同体の基盤的な解体あるいは減衰で、天皇や天皇制的なものは力を失っていくだろうとは考えるが、中上の発想は別のところにあって、僕の中に今も想起されるものとしてある。この北海道の温泉での討議はいろいろの面にわたっていたが、吉本は「アフリカ的段階」の問題を提起していた。幻想の生成の現在性ということで今に関わる問題を提示していたのである。

その中上も吉本もいなくなってしまったが、彼らとの対話を昨日のことのように思う。温もりのある言葉、表情が眼前に蘇るのを、何ともいえない気持ちで反芻したりしている。文学は記憶であるとは中上の言だが、彼らのことは消えがたい記憶としてある。

(注1) **鮎川信夫** 一九二〇年東京小石川に生まれる。詩人、評論家、翻訳家。三八年文芸誌『荒地』を刊行する。戦争体験(スマトラ島出征)を経て、四七年に田村隆一らと詩誌『荒地』を創刊し、「死んだ男」「繋船ホテルの朝の歌」「アメリカ」「姉さんごめんよ」などの代表作品のほか、「Xへの献辞」「現代詩とは何か」などの詩論を発表。自らの戦争体験をもとに、現代社会を「荒地」として意識しながら克服を目指し、戦後の詩壇に大きな足跡を残した。吉本隆明との対談集に『対談文学の戦後』(講談社/一九七九年刊)『詩の解読』(思潮社/一九八一年刊)『思想と幻想』(同)『自我と思想』(同/一九八二年刊)『全否定の原則と倫理』(同/一九八五年刊)がある。一九八六年死去。行年六十六。

(注2) **栗本慎一郎** 一九四一年東京都に生まれる。経済人類学者、法社会学者、評論家。奈良県立短期大学(現・奈良県立大学)助教授などを経て、八二年明治大学教授に就任したが、九一年に同大で替え玉受験事件が発覚し、大学の腐敗と学生の怠惰に抗議して辞任した。その後、衆議院議員や東京農業大学教授などを務めた。主著に『幻想としての経済』(青土社/一九八〇年刊)『パンツをはいたサ

ル 人間は、どういう生物か』（光文社カッパサイエンスのち、現代書館／一九八一年刊）『ブダペスト物語 現代思想の源流をたずねて』（晶文社／一九八二年刊）などがある。

（注3）**都はるみ** 一九四八年京都府京都市生まれ。六四年、「困るのことヨ」（西沢爽・作詞／遠藤実・作曲／安藤実親・編曲）で歌手デビュー。「アンコ椿は恋の花」（星野哲郎・作詞／市川昭介・作曲・編曲）がミリオンセラーとなり、日本レコード大賞・新人賞を獲得する。はるみ節と呼ばれる力強い歌唱法で、国民的演歌歌手として「涙の連絡船」「北の宿から」「大阪しぐれ」「浪花恋しぐれ」など数多くのヒット曲を世に送った。人気・実力とも絶頂だった三十六歳の八四年、「普通のおばさんになりたい」と突然の引退を宣言したが、九〇年に歌手活動の復帰を発表した。

（注4）**御燈祭** 勇壮な火祭りとして知られる和歌山県新宮市の神倉神社の例祭。毎年二月六日に行われる。白装束に荒縄を締めた「上り子（あがりこ）」と呼ばれる男子が御神火を移した松明を持ち、神倉山の山頂から五三八段の急峻な階段を駆け下りる。地元住民だけでなく、県外の観光客も参加することができる。

（注5）**古井由吉** 一九三七年東京都に生まれる。小説家、ドイツ文学者。七一年「杳子」（『文藝』河出書房新社／一九七〇年八月号所収）で芥川賞、八〇年に『栖』（平凡社／一九七九年刊）で日本文学大賞、八三年『槿』（福武書店／一九八三年刊）で谷崎潤一郎賞、八七年「中山坂」（『眉雨』福武書店／一九八六年刊所収）で川端康成文学賞、九〇年『仮往生伝試文』（河出書房新社／一九八九年刊）で読売文学賞、九七年に『白髪の唄』（新潮社／一九九六年刊）で毎日芸術賞を受賞。以降の作品に『辻』（新潮社／二〇〇六年刊）『雨の裾』（講談社／二〇一五年刊）などがある。

（注6）**寺田透** 一九一五年神奈川県横浜市に生まれる。文芸評論家、フランス文学者。六九年の大学紛争のとき、事態の収拾に不満を持ち、東京大学教養学部教授を辞職した。七〇年に『芸術の理路 法

楽帳1968』（河出書房新社／一九六九年刊）で毎日出版文化賞、七七年に『義堂周信・絶海中津』（筑摩書房／一九七七年刊）で毎日芸術賞を受賞。多くの著書・編著があり、『寺田透・評論』（思潮社、第一・二期、全一五巻）に収録された。一九九五年死去。行年八十歳。

（注7）**辻井喬**　一九二七年東京都に生まれる。実業家、小説家、詩人。東京大学経済学部在学中に日本共産党に入党したが、その後国際派の東大細胞に属し、党中央から除名される。本名はセゾン文化財団理事長、セゾングループ代表などを歴任した堤清二。九一年に経営の一線から退き、詩集『群青、わが黙示』（思潮社／一九九二年刊）で高見順賞、小説『虹の岬』（中央公論社／一九九四年刊）で谷崎潤一郎賞、『父の肖像』（新潮社／二〇〇四年刊）で野間文芸賞を受賞。「九条の会」傘下の「マスコミ九条の会」の呼びかけ人を務めた。二〇一三年死去。行年八十六歳。

（注8）**加藤紘一**　一九三九年愛知県名古屋市で生まれ、山形県鶴岡市で育つ。外務官僚、政治家。外務省アジア局中国課次席事務官などを経て、七二年の衆院選に自由民主党公認で出馬し、初当選した。以降、衆議院議員を一三期務め、防衛庁長官、内閣官房長官、自由民主党政務調査会長、幹事長などを歴任し、「総理に一番近い男」と呼ばれたが、加藤の乱や秘書の脱税疑惑で失脚した。二〇一六年死去。行年七十七歳。

（注9）**上野千鶴子**　一九四八年富山県中新川郡上市町に生まれる。フェミニスト、社会学者。東大名誉教授。『近代家族の成立と終焉』（岩波書店／一九九四年刊）でサントリー学芸賞を受賞。著書にに『老いる準備　介護することされること』（学陽書房／二〇〇五年刊）『不惑のフェミニズム』（岩波現代文庫／二〇一一年刊）『みんな「おひとりさま」』（青灯社／二〇一二年刊）などがある。

（注10）**加藤尚武**　一九三七年東京都に生まれる。哲学者、京都大学名誉教授。出発はヘーゲル研究だが、八〇年代前半から環境倫理学に関心を移し、環境問題、生命問題と倫理学を接合させる仕事が中

心となる。著書に『ヘーゲル哲学の形成と原理——理念的なものと経験的なものの交差』（未來社／一九八〇年刊）『環境倫理学のすすめ』（丸善／一九九一年刊）などがある。

（注11）**前登志夫**　一九二六年奈良県吉野郡下市町に生まれる。歌人。戦後間もなく詩作を始め、第一歌集『子午線の繭』（白玉書房／一九六四年刊）で現代歌人協会賞候補となる。『縄文記』（同／一九七七年刊）で迢空賞、『樹下集』（小沢書店／一九八七年刊）で詩歌文学館賞、『鳥獸蟲魚』（同／一九九二年刊）で斎藤茂吉短歌文学賞、『青童子』（短歌研究社／一九九七年刊）で読売文学賞、『流轉』（砂子屋書房／二〇〇二年刊）で現代短歌大賞、『鳥總立』（同／二〇〇三年刊）で毎日芸術賞を受賞した。二〇〇八年死去。行年八十二歳。

おわりに

新聞に「人生の贈りもの」という欄がある。時たま目をやるが、吉本や中上に出会えたことは僕にとってはまさに人生の贈りものだったのだと思う。もう彼らは鬼籍にあって会うことのかなわぬ存在ではあるが、彼らのことを夢にみることは少なくない。考え事に出会うたびに彼らならどう考えるのだろうか、と自然に対話をしていることも多い。

以前から彼らのことを書きたいという欲求はあった。だが、どういうわけか、はじめてみると思うようには行かない。何か、押しとどめるものがあっていつの日か書けばいいということでそのままになっていた。「3・11」の東日本大震災の後、脱原発の運動に関わり、その中で、踏み切る契機のようなものがあったのだと思う。幸運なことに『図書新聞』に連載として書く機会が得られたこともあった。「3・11」の後の緊迫した状況が後押しすることもあったのだろうか。

思えば、吉本隆明の名前を知ったのは高校生のときだった。田舎でスポーツに明け暮れていた少年にとって、やがて知遇を得るような存在になるとは夢にも考えられないことだった。吉本宅に入り浸たるようになるのは、それからあまり時を隔ないでだった。吉本の影響はあまり大き過ぎて本人は分からない。人から影響されるというのは多分、そういうことなのだろう。

中上健次は僕よりはいくらか年下だった。彼は僕が振り捨てるようにしてきた感性の基盤を表現していて衝撃的な存在だった。出会ったというのはいくらか時間を経てからだった。それにはいろいろな事情があるのだが、出会って中上に魅了されたことはいうまでもない。深夜に中上の飲んでいる場所に出掛け、遅くに二人で帰るという日々は二度とないことだろうが、忘れられないことである。

二人について書きたいということはとりあえず実現したのだが、達成感というよりはあらためて書くほかないという思いが強くある。中上についても、吉本についてもあらためて書きたいという念いが強く残った、これは彼らからの贈りものなのだろう、と思う。いつの日か機会あればやってみたい。

本書ができるにあたって、『図書新聞』の連載の機会を与えていただいた、井出彰さん、須藤巧さん、また、発行を引き受けていただいた現代書館の菊地泰博さんにお礼を申し述べたい。本書には詳細な注がほどこされているが、その作業をやっていただいた古木杜恵さんに謝辞を表したい。

二〇一七年盛夏

三上　治